I0669094

8° Z, Le Seune. 7/20

LES SOTTISES

ET

LES FOLIES
PARISIENNES.

PREMIERE PARTIE.

LES SOTTISES

ET

LES FOLIES

PARISIENNES;

'AVENTURES DIVERSES, &c.

'*Avec quelques Pièces curieuses & fort rares :*
Le tout fidèlement recueilli par M. NOUGARET.

Dans l'ancienne Rome, on tenait exactement regiftre de tout ce qui fe paffait dans la ville.
Hiftoire des Empereurs Romains, par Crévier, Tome VIII, page 470.

'A LONDRES,

Et fe trouvent à PARIS,

Chez la Veuve DUCHESNE, Libraire, rue Saint-Jacques, au Temple du Goût.

M. DCC. LXXXI.

AVERTISSEMENT.

JE me propofe d'amufer mes Lecteurs par la collection des hiftoriettes
& des différens morceaux que je
préfente aujourd'hui au Public. Si
mon but eft rempli , je ferai affez
récompenfé de mon travail. J'aurai
la fatisfaction de conferver le fouvenir d'un grand nombre d'aventures
arrivées dans la Capitale, qui font
le fujet des converfations pendant
un jour , & qu'on oublie pour s'occuper d'autres événemens tragiques
ou frivoles. Cependant l'enfemble
des faits & des folies dont on per-
dait fi vîte la mémoire , doit offrir
un tableau piquant , foit par la pein-
ture des mœurs & des travers, foit
en offrant une lecture variée & amu-
fante. Les pièces rares & fingulières
& les hiftoriettes un peu anciennes,

dont j'ai entremêlé ces anecdotes du moment, contribueront, du moins je l'espère, à donner à ce petit Ouvrage un succès aussi flatteur que celui des *Aventures Parisiennes*, que j'ai publiées l'année dernière. Encouragé par l'indulgence & les bontés du Public, je donnerai tous les ans une suite à cette collection, & je ne négligerai rien, ainsi que dans mes Ecrits d'un autre genre, pour mériter la bienveillance & l'encouragement dont on m'honore.

Il est vrai que j'éprouve en même tems de violentes critiques de certains Journalistes; mais comme ces Messieurs ont sans doute plus de goût qu'on n'en a dans le monde; que, vraisemblablement, ils font les meilleurs de nos Ecrivains, puisqu'ils jugent de toutes les productions de la Littérature, je me soumets avec respect à leurs décisions, & je profiterai des avis judicieux que j'aurai le bonheur d'en recevoir.

Mais comme M. Roucher a jugé à propos de m'attaquer auſſi, & qu'il n'a point l'honneur d'être Journaliſte, je me permettrai de lui répondre ici en peu de mots. Pourquoi voudrait-il proſcrire toute eſpèce de Recueil? Il n'approuve donc pas qu'on réuniſſe dans un ſeul volume des faits épars dans un très-grand nombre de livres, & qui ſont bien moins frappans étant diviſés à l'infini, que lorſqu'on les rapproche avec goût? Ce travail, qui lui cauſe tant d'humeur, eſt pourtant la tâche que s'impoſent l'Hiſtorien, le Naturaliſte, &c. C'eſt même quelquefois celle du Poëte, témoin les nombreuſes notes que M. Roucher lui-même a miſes à la ſuite de ſon Poëme des Mois.

Ainſi, il s'élève contre un genre de travail qu'il a cru utile, puiſqu'il n'a pas dédaigné de s'en occuper. Mais on voit que M. Roucher a déja beaucoup de reſſemblance avec nos grands hommes : Lamothe Oudart, qui eut autrefois une réputation brillante, a fait quelques bons vers & des Tragédies en vers reſtées au Théâtre ; & il fit tout ſon poſſible pour proſcrire la Poéſie : de nos jours, le célèbre J. J. Rouſſeau a compoſé des Comédies & des Opéras ; & il s'eſt efforcé de déchirer ces deux genres d'amuſement & d'utilité.

Que penſerons-nous des inconſéquences où tombent les Littérateurs eſtimables, quand ils s'arment du flambeau de la critique ? Concluons-en que c'eſt aux ſeuls Journaliſtes qu'il convient de s'en ſaiſir, attendu qu'eux ſeuls ſont fondés dans les Arrêts qu'ils prononcent, ou du moins qu'ils doivent lêtre.

LES

LES SOTTISES
ET
LES FOLIES
PARISIENNES.

PREMIERE PARTIE.

JE me permettrai quelquefois de rapporter d'anciennes hiftoriettes, qui, pour
avoir quelques années de date, n'en
feront peut-être pas moins curieufes ou
amufantes. Après cette courte préface, je
me hâte d'entrer en matière.

Lorfque le Colifée paraiffait devoir
être un des ornemens de cette capitale;
lorfqu'on y donna les premières fêtes
brillantes qui fefaient accourir tout Paris,
un Provincial s'y rendit comme les autres;
& voici la manière dont il raconte l'a-
venture qui lui arriva : je vais copier fes

I. Part. A

propres expreſſions , d'après une petite
brochure extrêmement rare maintenant (1).
« Deſtiné à remplir une charge de judi-
» cature , j'étais venu à Paris pour tra-
» vailler pendant quelque tems dans l'é-
» tude d'un Procureur; mais je ſongeai
» bien davantage à me livrer au plaiſir,
» qu'à me perfectionner dans la pratique.
» Comme ce que je vais dire n'eſt pas
» trop à ma louange, il eſt naturel que
» je cache mon nom ; je demande la
» permiſſion de m'appeller *Gille-l'euſſes-*
» *tu-cru* : ce nom eſt bizarre, à la vérité,
» mais qu'importe? J'étais plus ſouvent
» aux Spectacles que dans l'étude de mon
» Procureur, qui ſupportait mon train
» de vie avec beaucoup de patience, at-
» tendu que je mangeais rarement chez
» lui, & que c'était autant de gagné ſur
» ma penſion. Ainſi, rien ne me contra-
» riait dans mes amuſemens ; ajoutez
» encore que mes parens avaient eu la com-
» plaiſance de me donner une bourſe de
» vingt-cinq louis pour mes menus-plaiſirs.
» Je courais donc tous les Spectacles de

_____

(1) C'eſt une de celles qui parurent dans
le tems de la ſuppreſſion des Parlemens.

» la Capitale, depuis l'Opéra, jufqu'aux
» Danfeurs de corde. Le Colifée ayant
» enfin annoncé l'ouverture de fes fêtes,
» je ne fus pas des derniers à m'y rendre.
» La foule était prodigieufe ; les jolies
» femmes femblaient s'être donné le mot,
» pour y briller à l'envi. Comme l'élé-
» gance de ma parure me plaçait au rang
» des honnêtes gens, c'eft-à-dire, des
» gens riches, ce qui eft un peu diffé-
» rent, car un bel habit peut fort bien
» couvrir un fripon, j'étais avantageufe-
» ment remarqué. Ma phyfionomie diftin-
» guée, autant que ma façon d'être mis,
» engagèrent deux dames à me lorgner
» très-amoureufement. Je m'apperçus de
» leurs mines, de leurs agaceries, & j'y
» répondis d'une manière qui ne fentait
» nullement la province ; au moins je
» m'en flattais, car l'amour - propre a
» toujours été mon faible ; mais qu'eft-
» ce qui n'en a pas ? Quoi qu'il en foit,
» un amour fecret nous attira fans doute,
» nous nous trouvâmes infenfiblement
» affis auprès les uns des autres ; alors
» je hafardai une tendre fadeur ; on me
» répondit en minaudant, en fe pinçant
» les lèvres ; la converfation s'engagea ;
» je fis le paffionné, je preffai le bout des

» doigts de ma plus proche voifine ; enfin ,
» après de petites façons , les dames ac-
» ceptèrent mon bras ; j'eus l'honneur
» d'être leur écuyer. Qu'on juge de
» l'excès de ma joie : les deux dames
» étaient charmantes ; la plus jeune fur-
» tout me ravifait , & je ne doutais nul-
» lement qu'elles ne fuffent de la première
» qualité. L'éclat de leur parure me con-
» firmait dans cette idée avantageufe ; leurs
» robes , fi leftes & fi légères , qu'elles
» ne paraiffaient qu'un fimple déshabillé ,
» étaient garnies d'une belle blonde , ou
» de cette efpèce de dentelle qu'on appelle
» filet , je ne me fouviens plus lequel
» des deux. Dans des cheveux artiftement
» bouclés , étincelaient des épingles de
» diamans ; de fuperbes girandoles bril-
» laient à leurs oreilles ; la blancheur
» d'un cou d'albâtre & d'une gorge éblouif-
» fante était encore relevée par l'éclat
» d'un collier & d'une rivière de pierreries
» vraies ou fauffes. Les bras ronds &
» potelés qui s'appuyaient mollement fur
» les miens , étaient entourés d'un magni-
» fique bracelet , orné de chiffres amou-
» reux. Mes deux divinités répandaient
» autour d'elles le parfum le plus fuave ,
» qui valait bien l'odeur d'ambroifie

» que , felon les Poëtes , exhalaient les
» Nymphes de l'Olimpe. Tant de richeffes,
» tant de magnificence, chatouillaient dé-
» licieufement mon amour-propre ; j'ad-
» mirais le bonheur que j'avais de fervir
» d'écuyer à des perfonnes du plus haut
» rang , dont le pied mignon effleurait
» délicatement la fuperficie du parquet.
» Pour moi, à peine touchai-je auffi la
» terre , mon ame, tout mon être nageait
» dans la joie. Tandis que fans ceffe nous
» tournâmes & retournâmes dans le cercle
» que décrit la rotonde , je m'apperçus
» bien que la plupart des hommes fou-
» riaient familièrement à mes deux com-
» pagnes , & qu'elles leur rendaient la
» pareille ; mais je m'imaginais qu'on ne
» pouvait cacher l'admiration qu'inf-
» pirait la vue de leurs charmes , &
» qu'elles s'y montraient fenfibles, parce
» qu'elles avaient beaucoup plus de poli-
» teffe que de fierté.

» Comme il fefait fort chaud , mes
» belles inconnues proposèrent de fe
» rafraîchir. Je les conduifis auffi-tôt dans
» le café du Colifée. Elles demandèrent
» des glaces, qu'elles trouvèrent *divines*,
» peut-être pour me remercier de la poli-
» teffe que j'avais de les régaler. Ma bourfe,

» que je tirai pour payer la dépense,
» était affez garnie, puifqu'elle renfermait
» une grande partie de mes vingt-cinq
» louis. Les dames apperçurent mon
» tréfor, & fe lancèrent un coup-d'œil
» d'intelligence. Je furpris leurs fignes
» mutuels, & je penfai bonnement qu'elles
» fe félicitaient de mon mérite.

» D'un commun accord, les dames
» s'écrièrent qu'elles s'ennuyaient *à périr*,
» qu'elles avaient une migraine *horrible*,
» & qu'elles voulaient s'en aller. Inquiet de
» me voir fur le point de perdre ma bonne-
» fortune, je leur demandai timidement
» fi elles permettraient que j'euffe l'hon-
» neur de les accompagner. On parut
» embarraffé, on héfita entre un refus
» & l'envie d'accepter mon offre, on fe
» parla bas ; enfin, mes vœux furent com-
» blés ; & en recevant la permiffion que
» je defirais avec tant d'ardeur, je vis
» encore les deux belles fourire en fe
» regardant ; mais j'interprétais toujours
» en ma faveur les fignes qu'elles fe fefaient
» à la dérobée.

» Quand nous fûmes arrivés à la porte
» du Colifée, un laquais vêtu de gris fe
» préfenta ; il fit approcher une voiture
» de place, où nous montâmes au milieu

» d'une foule de jeunes gens, que je crus
» entendre plaifanter de mon bonheur,
» mais qui fûrement ne pouvaient s'em-
» pécher de l'envier.

» L'équipage modefte qui nous caho-
» tait, me fit foupçonner que les ducheffes
» qui m'honoraient de leur bienvaillance,
» étaient venues au Colifée *incognito*.

» Pendant que nous roulions tantôt
» rapidement , tantôt avec la dernière
» lenteur, la converfation fut auffi vive
» qu'enjouée de la part des dames ; elles
» fe tinrent des propos d'une folie que
» j'étais loin de pouvoir imiter ; elles
» riaient fouvent aux éclats & de mon
» air embarraffé & de la complaifance
» qu'elles avaient eue de m'admettre dans
» leur compagnie. Je tâchais de m'en-
» hardir , & de leur montrer tout l'efprit
» dont je fuis doué ; mais j'avais beau
» faire , m'a timidité, ma gaucherie pro-
» vinciale, perçaient toujours malgré moi.
» Enchanté de plus-en-plus des minau-
» deries de ces aimables firènes , je
» devenais à chaque inftant plus amou-
» reux, & beaucoup plus fot. Je ne veux
» taire au lecteur aucune des circonftances
» de la bizarre aventure dont j'ai réfolu
» de lui faire part.

» La voiture s'arrêta aux environs du
» Palais Royal, devant une maison assez
» peu apparente, & une longue allée
» nous conduisit à un petit escalier que
» nous montâmes jusqu'au troisième
» étage. Nous entrâmes dans un appar-
» tement composé de trois ou quatre
» pièces, fort proprement meublées. Les
» dames me demandèrent la permission de
» se mettre à leur aise ; & une femme-
» de-chambre intelligente les eut bientôt
» débarrassé de tout l'attirail inventé par
» le luxe & par la mode. Je ne sais ce
» qui est le plus agréable, d'assister au
» déshabiller d'une jolie femme, ou à
» sa toilette du matin : je laisse décider
» la question à ceux qui ont plus d'ex-
» périence que moi.

» Les deux charmantes inconnues ayant
» passé un caraco élégant, négligem-
» ment attaché, & mis leurs pieds mi-
» gnons plus à l'aise dans une jolie mule,
» se couchèrent à demi sur un vaste canapé,
» & me firent obligeamment une place à
» côté d'elles. Ivre de ma félicité, je
» ne savais comment exprimer ce qui se
» passait dans mon ame : ces dames, me
» disai-je, m'ont certainement conduit dans
» un endroit écarté de leur hôtel ; on

» avait bien raiſon de m'aſſurer que de
» grandes dames deſcendent ſouvent juſ-
» qu'à des hommes très-obſcurs. Mais je
» me contentais de penſer beaucoup de
» choſes en moi-même, je ne balbutiais
» que quelques mots; à peine même oſai-je
» lever les yeux. Impatientée ſans doute
» de mon ſilence & de ma retenue, l'une
» des dames me pria de leur apprendre,
» mon état & comment je m'appellais.
» Dès que j'eus prononcé mon nom,
» elles le répétèrent en riant à gorge
» déployée. *Gille-l'euſſes-tu-cru*, diſaient
» les deux dames; le plaiſant nom ! ——
» *Gille-l'euſſes-tu-cru*, s'écria la femme-de-
» chambre, qui nous entendit d'un cabinet
» voiſin. —— *Gille-l'euſſes-tu-cru !* répéta
» enſuite le laquais. —— *Cille-l'euſſes-tu-
» cru*, fut redit en écho par toute la
» maiſon. Les éclats de rire redoublèrent,
» & ſe prolongeaient au loin; je com-
» mençais à m'en impatienter, lorſque le
» coquin de laquais, qui riait comme
» quatre dans l'antichambre, vint avertir
» qu'on avait ſervi. Je feſais mine de me
» retirer; les dames me preſsèrent de reſ-
» ter, en s'excuſant de la mauvaiſe chère
» qu'elles m'offraient. Pouvais-je refuſer

» un bonheur que je leur aurais demandé
» à genoux ? le souper fut délicat ; j'étais
» si enchanté de me voir à table avec des
» femmes de qualité , que je songeais à
» peine à manger, quoique j'aye toujours
» bon appétit. Les vins , les liqueurs ,
» les agaceries dont j'étais l'objet, me
» donnèrent peu-à-peu de la hardiesse.
» Je m'émancipai jusqu'à baiser la main
» des adorables personnes qui me fesaient
» tourner la tête. Le laquais disparut au
» dessert. Les charmantes sirènes chan-
» tèrent des couplets ravissans , pleins
» de galantes équivoques. L'une d'elles
» s'appercevant que j'étais dans un mo-
» ment d'ivresse amoureuse, me pria de
» lui faire voir ma bourse, en me disant
» qu'elle en croyait la broderie très-dé-
» licate. Elle n'eut pas plutôt mon trésor
» en sa possession , qu'elle sortit en folâ-
» trant, & me laissa tête-à-tête avec sa
» compagne.

» Mes passions enflammées par tout ce
» qui peut exciter les sens , firent dispa-
» raître ma timidité ; de caresse en caresse,
» je parvins à posséder la séduisante nym-
» phe, dont je ne doutais nullement de
» la haute naissance ; je la trouvai d'une

» docilité admirable, qui, je l'avoue,
» augmenta confidérablement mon amour-
» propre.

   » Au milieu des tranfports que me
» caufait le bonheur dont je jouiffais,
» la porte s'ouvrit tout-à-coup avec vio-
» lence, & je vis entrer deux hommes
» l'épée à la main, qui fe jettant auffi-tôt
» fur moi, me faifirent au collet. —— Que
» veut dire ceci, m'écriai-je, madame la
» Ducheffe ? —— Cette exclamation fit
» élever de nouveaux éclats de rire. Ce
» qui me défefpéra le plus, c'eft que je
» vis rire auffi les deux divinités que
» j'avais tant idolâtrées. Les fpadaffins
» firent faire filence, & jurant comme de
» vrais grenadiers, s'écrièrent qu'ils vou-
» laient me berner, pour m'apprendre à
» venir féduire leurs maitreffes. —— Par la
» mort ! continuèrent-ils, Suzon, & vous
» Fanchette, vous nous paierez vos fre-
» daines. —— Je connus alors mon erreur,
» & je me promis d'être une autrefois
» moins crédule & moins rempli de va-
» nité. J'eus beau gémir, fupplier, il me
» fallut fubir la fentence qu'avait portée
» les coupe - jarrets. Je fus berné auffi
» rudement que le pauvre Sancho-Pança,

» de proverbiale mémoire. Les deux pré-
» tendues ducheſſes tinrent chacune un
» coin de la couverture, & riaient plus
» fort que les autres. Quand on fut las de
» me ſecouer, on me mit poliment à
» la porte, en me diſant de n'oſer pas
» même regarder jamais cette honnête
» maiſon, ſi je voulais conſerver mes
» deux oreilles.

 » Quel parti me reſtait-il à prendre ? ſi
» j'avais été me plaindre à un Commiſ-
» ſaire, j'aurais inutilement publié ma
» honteuſe miſtification ; car les friponnes,
» dont je venais d'être la dupe, auraient
» nié leur filouterie, & je n'avais aucune
» preuve à donner. Après y avoir mûre-
» ment réfléchi, je me décidai pour le
» parti le plus prudent, celui de n'en
» rien dire & de me corrigër à l'avenir.
» Si je raconte actuellement le piége où
» j'eus la ſottiſe de tomber, c'eſt que je
» ſuis préſentement au-deſſus de la honte
» que j'éprouvais alors, & que je ſou-
» haite que mon exemple puiſſe être utile
» à quelques-uns de mes lecteurs. Le
» plus fâcheux de mon aventure, c'eſt
» que je ne tardai pas à m'appercevoir
» que je n'avais pas ſeulement à regret-

» ter la perte de ma bourſe. Hélas ! je
» n'eus que trop ſujet de me reſſouvenir
» long - tems du Coliſée ! Quel dommage
» que, dans la Capitale, il en coûte ſi
» cher pour s'inſtruire !

LE Comte de B *** tient une bonne
maiſon, & ſe pique d'en faire les honneurs
avec la politeſſe la plus recherchée. Une
de ſes attentions principales , lorſqu'il
donne à manger, eſt de ne garder auprès de lui qu'un de ſes gens, & d'or-
donner aux autres de ſe placer derrière
les convives, qui n'ont point avec eux
de domeſtiques pour les ſervir. Il avait
raſſemblé chez lui, l'hiver dernier, une
compagnie nombreuſe ; les valets, occu-
pés du ſervice général, manquaient ſouvent à ceux derrière leſquels ils s'é-
taient établis. Deux hommes recomman-
dables, mais iſolés , ſe trouvèrent placés
auprès du Marquis de P * **, jeune homme auſſi étourdi qu'avantageux. Ses deux
voiſins s'adreſsèrent pluſieurs fois à ſon
laquais, pour en obtenir différentes choſes ; l'impertinent fit toujours la ſourde
oreille ; & ſon maître, qui s'en apperçut,
eut l'impoliteſſe de l'autoriſer, par un dé-

daigneux filence. Le fait n'échappa point
à l'attention du maître de la maifon ; mais ,
pour ne pas faire de fcène mortifiante, il
prit fagement le parti de diffimuler fon
mécontentement. Lorfqu'on fut levé de
table , toute la compagnie, ainfi que le
Marquis de P*** paffa dans le fallon. Le
Comte de B*** refta dans l'antichambre ,
& appellant le laquais du Marquis, qui
s'était mis auprès du poële avec fes cama-
rades : — « Mon ami, lui dit-il, vous n'êtes
» venu ici uniquement que pour fervir
» votre maître , & fon fervice eft fini ;
» ainfi , allez l'attendre à préfent dans la
» cour avec fon carroffe ».—Le laquais ,
craignant la rigueur de la faifon, s'excufa
du mieux qu'il lui fut poffible , & voulut
infifter ; mais le Comte le força de fortir ,
en ajoutant : — « Je n'aime les laquais ni
» fats, ni infolens : vous gâteriez mes gens ,
» vous ne refterez chez moi que dans les
» momens où vous ferez néceffaire à vo-
» tre maître ». — Il fallut obéir , aux rif-
ques d'éprouver toute l'âpreté du froid.
M. de B*** rentra dans l'appartement , &
conta tout haut ce qui venait de fe paffer.
L'approbation générale empêcha le Marquis de P*** d'effayer à juftifier fon laquais ; il parut même approuver la correc-

tion ; mais il dut fentir qu'elle tombait également fur lui.

UN Procureur très-avare mourut dernièrement, & laiffa une riche fucceffion. L'héritier , pour honorer la mémoire du défunt, s'avifa de commander une épitaphe en vers français, & promit de bien payer celle qui l'emporterait au concours. Plus de vingt concurrens difputèrent le prix , qui fut accordé à la louange la plus exceffive. L'un des Poëtes difgraciés , fe vengea par l'épitaphe fuivante :

> Ci-gît l'affamé Pancrace,
> Homme expert en paperace,
> De qui la plume vorace
> Mangea jufqu'à la beface
> Tous fes cliens & leur race.
> Paffant, rit de fa difgrace:
> Maintenant froid comme glace ,
> Le bourreau fait la grimace
> De ce qu'un Curé tenace
> A pour loger fa carcaffe
> Vendu trop cher cette place.

UN homme connu dans les meilleures fociétés de Paris, par l'agrément de fon ef-

prit, raconte de la forte une étrange frayeur dont il fut tout-à-coup faifi : —— « Il y a
» quelques jours, Monfieur, qu'étant dans
» mon lit, occupé de rêveries dont il eft
» inutile de vous entretenir, j'entendis
» ouvrir la porte de mon appartement,
» & je vis entrer un inconnu, qui portait
» une grande figure blanche, un air em-
» barraffé, & des fouliers poudreux, en-
» fin, une de ces mines de mauvaife augure
» qu'on n'aime nullement à voir. Il m'ap-
» pella familièrement par mon nom, &
» me dit de me lever promptement. Je
» pris ma robe-de-chambre en tremblant,
» & fans prévoir quels pouvaient être fes
» deffeins. Il s'approcha de moi, & m'o-
» bligea, par fes geftes preffans, à me
» mettre fur un fiége auprès de ma fenêtre.
» Dès que je fus affis, je fentis qu'il me
» faififfait brufquement par le cou, &
» il me le ferra fortement avec une efpèce
» de hauffe-col. Un inftant après, il me
» couvrit la joue avec fa main gauche, d'un
» boulet capable de me brifer les dents.
» Une fueur abondante fe répandit fur
» tout mon vifage; je fentis les gouttes
» en tomber de tous les côtés. Cet acci-
» dent me faifit au point que j'en perdis la
» refpiration, & j'étais couvert d'écume,

» fans pouvoir proférer une feule parole.
» L'inconnu m'avait défendu , avec mena-
» ces , de parler ou de crier. Au bout de
» quelques inftans, je le vis fe faifir d'une
» arme blanche , dont la lame était très-
» reluifante, & il me la porta fur la gorge ,
» en forte que je n'étais qu'à un demi-
» doigt de la mort. Je fentis couler mon
» fang ; &, en bon chrétien, je recomman-
» dai tout bas mon ame à Dieu. Ma
» frayeur fit apparemment impreffion fur
» ce mortel phlegmatique ; il prit de l'eau
» & du vinaigre, dont il m'arrofa le vifage.
» La cuiffon que je fentis, me fit ouvrir
» les yeux ; alors , mon homme me faifit
» par les cheveux , & il me lia. Je le vis
» enfuite s'emparer d'une autre arme ,
» dont je crus qu'il voulait me brûler la
» cervelle ; mais le feu ne fit que m'effleu-
» rer les oreilles. Il m'avait empaqueté les
» mains fous une efpèce de linceuil , pour
» que je ne puffe pas les remuer. Voyant
» que je refpirais toujours , il m'arracha
» bien des cheveux , & parut vouloir m'é-
» touffer dans un tourbillon de pouffière.
» J'avais déja fermé la paupière ; mais,
» pour confommer fon ouvrage , il prit
» de nouvelles armes qui lui reftaient en-
» core , & qu'il tira de fa poche : c'ét...

» le ciſeau de la Parque , avec lequel il
» eſſaya, mais en vain , de couper le fil de
» mes jours. J'étais tout tremblant & im-
» mobile d'effroi, comme un homme qui
» n'attend que ſa dernière heure. Mon
» bourreau apperçut ma bourſe qui était
» ſur ma commode, il s'en ſaiſit , & me
» reprit au collet & par les cheveux. A
» ce dernier trait , j'ouvris les yeux pour
» la ſeconde fois, je m'armai de courage ,
» m'emparai bruſquement d'un couteau
» que je trouvai ſous ma main. Cet acte
» de vigueur fit diſparaître mon aventu-
» rier.

» Je m'eſſuyai le viſage devant un mi-
» roir ; & lorſque je fus de ſang-froid , je
» m'apperçus que ma barbe était faite , &
» que mes cheveux étaient friſés, poudrés
» & accommodés. Je reconnus alors que
» l'illuſion que je m'étais faite, n'avait été
» occaſionnée que par un nouveau garçon
» perruquier que ſon maître m'avait en-
» voyé. Je fus très-ſatisfait d'en être quitte
» pour la peur , & je partis en riant, pour
» aller à la campagne »,

LE même homme d'eſprit , M. Marchand , s'eſt amuſé à écrire des lettres ,

dans chacune defquelles il a fupprimé l'une des cinq voyelles (1). Commençons par fa miffive fans A ; elle eft au nom de Madame la Préfidente le M***, & adreffée à Madame de L*** : —— « Voici une nou-
» velle invention , mon cœur , pour exci-
» ter votre curiofité : nous voulons juger
» de l'inutilité de quelques-unes des cinq
» voyelles. L'écriture feroit très-bonne ,
» fi l'on pouvoit fe réduire & n'en confer-
» ver que deux ou trois : le tout fondé
» fur le principe , que c'eft une folie que
» de multiplier les êtres , lorfqu'on n'y
» voit point de néceflité. Peut-être réufli-
» rons-nous. Eh bien , nous ferons glo-
» rieufes de l'entreprife. Tout homme qui
» invente , mérite que le peuple lui dé-
» cerne le triomphe.

» Le prix que j'efpère recevoir de mes
» longues recherches , doit être votre
» cœur : jugez , fi vous pouvez douter

---

(1) M. Marchand n'eft pas le premier qui ait vaincu la difficulté en ce genre ; je me fouviens d'avoir lu dans ma jeuneffe un recueil de lettres, deftiné à fervir de modèle dans l'art épiftolaire , & dans lequel il y avait plufieurs miffives , dont chacune avait pour but la fup-preffion d'une voyelle.

(20)

» de l'excès de mon zèle. Vous devinerez
» cette voyelle que j'exclus ici : c'est celle
» que j'employe si souvent pour vous ex-
» pliquer les tendres sentimens que vous
» m'inspirez. Puisqu'elle me sert si utile-
» ment, pourquoi l'exterminer ? Je de-
» vrois plutôt lui dédier un temple.

» Le feu de mes nouvelles idées ne
» doit point me forcer d'oublier les re-
» mercîmens qui vous sont dus, de tous
» les soins que vous vous êtes donné
» pour l'emplette de cette robe couleur de
» rose, où le goût domine ; & comme le
» plus horrible des vices est celui qui em-
» pêche de reconnoître les services qu'on
» nous rend, n'oubliez donc point de re-
» mercier pour moi les deux jolies fem-
» mes qui veulent bien se donner tous ces
» mouvemens pour contenter mon envie.

» Que vous dire de plus, mon cher
» petit Roi ? Figurez-vous combien je suis
» gênée, & combien je peste de l'être.
» Une rime occupe moins un Poëte, que
» notre chienne de voyelle ne me four-
» nit d'épines. Je voudrois vous dire les
» plus belles choses du monde, & elle se
» présente toujours pour empêcher l'exé-
» cution de mon projet. En bonne foi,

» rien ne me fied mieux que d'être libre ;
» mon cœur détefte tous les liens qu'il ne
» reçoit point de vous.

   » Je fuis bien fimple de n'ofer pronon-
» cer ce mot qui feul exprime dignement
» ce que je fens pour vous ; celui de ten-
» dreffe eft fi peu énergique , que je fuis
» honteufe de l'employer. Qu'il dépeint
» foiblèment les mouvemens de mon
» cœur , lorfqu'il s'occupe de l'objet qui
» doit feul remplir fes vœux ! Je fuis
» votre . . . . . . quoique je ne puiffe point
» vous le dire : on fe permet de le fup-
» primer , & c'eft mieux.

   » Mon invention eft une misère qui
» donne bien des peines pour dire des
» bêtifes , ou ne rien dire : ne vous en
» fervez point , fi vous m'en croyez ;
» pourvu que je fois fûre de recevoir de
» vos lettres , il n'importe comment.

   » Mille complimens , & puis c'eft tout,
» puifqu'il m'eft impoffible de rien dire de
» plus ».

VOICI une fort longue épître, dans laquelle on ne trouve point une feule fois
la lettre E. —— «J'avais conçu , mon
» charmant papa , l'opinion d'avoir pour

» mon logis un trou obscur à S.-Victor, au
» bas du pays latin. Mon goût m'y portait,
» ma passion l'ordonnait; mais l'abord du
» canton m'a paru allarmant. Chacun a sa
» raison, ou son motif bon ou mauvais,
» pour agir. Plus ou moins d'or à Paris con-
» traint l'inclination; un pouvoir sonnant,
» fait la loi qu'on doit subir pour choisir
» du blanc, du noir ou du gris. Un cli-
» mat trop haut ou trop bas produit,
» m'a-t-on dit, tantôt un air lourd, froid,
» mal-sain, tantôt un air trop vif. Il faut
» pourvoir à tout, avant d'avoir pris mon
» parti pour un oui ou un non. J'approfon-
» dirai mon local; j'irai, courant, jusqu'aux
» confins, pour savoir si l'on m'a fait un
» rapport vrai du canton Victorin. J'ai
» cru qu'un fauxbourg lointain irait à ma
» situation. L'on y vit sans façon, à l'a-
» bri d'un tas d'oisifs, à coup-sûr impor-
» tuns : sauvons-nous d'un poison si fatal.
» D'abord, ma maison paraîtra trop loin
» aux gros richards : d'accord; mais j'y
» vivrai sans bruit, sans fracas, affran-
» chi d'un chaos assommant. Aujourd'hui
» languissant, quasi moribond, il faut
» fuir un vain concours d'animaux plats
» ou suçans.

» J'irais sans fruit offrir mon tribut aux

» Grands, qui font toujours dans la dif-
» fipation ; ils font diftraits , vains ou
» rampans : laiffons donc un tourbillon
» fatigant pour moi. Un avorton qui,
» blanchi fous Mars , irait, fans profit ,
» offrir à nos brillans milords la croix
» d'un foldat appauvri, mal difpos , qui ,
» fans fonction, n'a plus qu'un moignon
» vacillant. L'on rirait à fon air. Crai-
» gnons un affront dû aux fots. Un intrus
» vit au plus mal à la Cour , foit fous un
» lambris, foit au grand commun : il s'y
» voit honni , fi l'on n'y craint pas fon
» pouvoir , ou s'il n'a pas l'appui d'un fa-
» vori puiffant. Pour moi , caduc , fans
» avoir quafi un liard vaillant , j'aurai au
» moins l'oubli humiliant pour mon lot.
» Fuyons donc un fol inconnu , vi-
» vons *incognito* ; arrofons nos choux dans
» un coin. L'amour n'a plus d'attraits pi-
» quans pour mon goût ; j'ai dit bon foir
» aux plaifirs bruyans. Par foumiffion ,
» foyons un grivois obfcur fur la fin d'un
» long jour ; vifons au falut pour moi ,
» pour mon prochain, compromis par
» mon mauvais ton. Faifons auffi mon
» calcul. J'ai pour tout faint-frufquin vingt-
» cinq louis par an , qui n'iront pas juf-
» qu'au bout pour fournir à mon habita-

» tion, mon bois, mon chalit, mon bouil-
» lon, mon furplus. Plus, il faut au moins
» fix francs par mois pour du chocolat, du
» tabac, du punch, qu'on m'a dit fains
» pour moi. Un habit brillant n'a jamais
» fait mon ambition ; du moins faut-il
» l'avoir bon, chaud ou froid, fuivant
» la faifon. L'on irait mal tout nud. Sans
» un abord coffu, joli ou important, on
» languit dans l'inanition. Tout humain,
» fût-il Platon, Catinat ou Job, qui n'a
» ni pain, ni vin, ni fon gigot fûr, ni ap-
» pui pour fon pot futur, doit mal dor-
» mir la nuit. Ajoutons-y pour ma part,
» ma contribution aux maux du corps.
» Suivant la faifon, j'ai pâti plus ou moins,
» à partir du front jufqu'au bout du talon.
» L'on plaint, fur fon grabat, un vrai
» foldat, qui n'a jamais craint ni fufil, ni
» canon, quand il a fallu courir aux coups.
» J'ai fuivi un fatal inftinct, fans qu'on
» m'ait jamais vu ni poltron, ni fanfaron :
» l'on m'intitulait un bon luron, un franc
» faraud. Un pur hafard m'a fait furgir au
» port, mais fans bifcuit. Par fois on vit
» plus tard qu'on n'avait cru : voilà
» mon cas pofitif. Jamais craintif, ja-
» mais foumis au joug, j'ai voulu courir
» par-tout, pour n'offrir plus à la fin
　　　　　　　　　　　　　　　» qu'un

>> qu'un vagabon plaintif, qui n'a ici-bas
>> ni maison , ni ami , ni patron. Nos
>> bons compagnons sont tous disparus.
>> Bacchus a fait tout mon savoir , l'A-
>> mour a fait mon plaisir , Mars m'a ins-
>> truit pour un combat : oublions qu'ils
>> m'ont connu. Hardi champion , bat-
>> tant ou battu, j'ai toujours dit ma chan-
>> son; j'aimais à dormir au bruit d'un tam-
>> bour. Au camp , nous chassions aux
>> houfards ; à la garnison, l'on buvait , on
>> danfait, on jouait du violon ; nous li-
>> fions, dans nos loisirs, l'Almanach Royal,
>> ou Nostradamus : voilà nos occupa-
>> tions , voilà tout mon savoir. J'ai com-
>> battu vingt ans pour un bon , pour un
>> grand Roi, qui m'a nourri quasi *gratis.*
>> Vingt-cinq ducats par mois, mon butin ,
>> mon droit aux contributions , ont fait
>> ma part. Ils m'ont suffi ; je n'ai jamais
>> fait voir mon dos. Mais un maudit com-
>> bat à Rofbacq m'a mis fur cul , fans un
>> fou. Il faut languir, fans pouvoir garnir
>> mon pourpoint. Mais allons toujours ,
>> bravons un fort dont tout animal doit
>> garantir fon individu. Chassons un pro-
>> noftic fatal aux bons vivans ; vivons, fi
>> nous pouvons , gais jufqu'au bout, fans
>> mourir par la faim , la foif , ni un noir

I. Part. B

» chagrin. Vivons pour jouir du don qu'on
» nous a fait d'un bon Roi : *vivat Ludo-*
» *vicus !*

» J'aſpirais à vous voir ; mais j'ignorais
» où nous pourrions diſcourir. Il fait grand
» froid. Quand on pourra ſortir ſans man-
» chon , nous choiſirons un jour pour
» nous unir aux Capucins , au Cours ou au
» Waux-hall à Paſſi. Bon ſoir, mon voiſin.

FRANÇOIS-MARTIN FRAPPART.

JE vais maintenant rapporter l'épître
ſans I. — « Comment vous portez-vous,
» ma belle Flore ? mon humeur veut
» vous gronder un peu , & tout en dou-
» ceur: c'eſt le rôle d'un amant déſœu-
» vré , auquel on pardonne de murmu-
» rer par un excès d'amour. Vous me
» mandez des nouvelles étrangères à mon
» cœur, & vous gardez le *tacet* ſur les
» événemens que vous ſavez m'être les
» plus chers. Vos enfans , votre groſ-
» ſeſſe, vos nerfs, vos langueurs, votre
» chûte & le rhume n'ont pas trouvé
» place dans le compte que vous me ren-
» dez de votre état & de vos paſſe-
» tems. Vous me ſuppoſez, ſans doute,

» un prophète, dont les vues s'étendent
» à tout, même à la santé d'une malade
» abfente. Pour vous donner une leçon,
» apprenez que mon état fâcheux eft dé-
» barraffé des entraves de l'art d'Efculape
» & de fes fuppôts. L'école de Salerne
» a perdu fon procès contre ma frêle
» fubftance. Un repos favorable, fans le
» fecours de la manne & du féné, m'a
» rendu mes forces, mon courage &
» mon goût pour toutes les chofes bon-
» nes & agréables.

» La table, les cartes & les prome-
» nades font l'amufement de ce beau can-
» ton, où la Nature s'eft plu, par pré-
» férence, à orner la terre de fes dons.
» Nous fommes fept hommes avec quatre
» dames ; c'eft affez pour s'amufer. Nous
» nous couchons de bonne heure, & nous
» nous levons de même, pour devancer
» l'aurore. Nous chaffons peu, & le gou-
» vernement ne nous occupe pas plus que
» l'algèbre. Nous avons un Pafteur reçu
» Docteur, & peu docte ; fes prônes,
» fouvent longs & monotones, nous en-
» dorment; malhonnêtement nous ronflons
» tout haut : eft-ce notre faute, ou celle
» du Prôneur?

» Le tems eft beau & doux, cepen-

» dant plus chaud que de coutume en
» Septembre. Convenez que la campagne
» dans l'automne, outre l'abondance, of-
» fre un charmant spectacle. La Nature,
» regardée de près, présente à chaque
» moment des tableaux propres à éton-
» ner, & à pénétrer l'ame de respect en-
» vers l'Auteur de tous les chef-d'œuvres
» offerts à notre vue. Les montagnes,
» les vallons couronnés de verdure, font
» un ornement qu'on ne se lasse pas de
» regarder; & les trésors dont nous som-
» mes comblés annuellement pour notre
» bonheur, nous prouvent que le hasard
» n'a pas enfanté l'assemblage superbe &
» pompeux dont notre vue est frappée.
» Heureux les campagnards! Horace l'a
» pensé, un bon laboureur peut être un
» homme heureux. On dort plus douce-
» ment sur l'herbe des champs que sur
» le duvet de la Cour; sans reproche,
» sans remords, on rêve agréablement.

» Rendons sans cesse hommage aux
» beautés dont nous sommes entourés:
» que n'êtes-vous du nombre! Mon ame
» avoue, en pensant à vous, que de tous
» les tableaux répandus sur la terre, la
» femme est le plus tentant, le plus sé-
» ducteur, sur-tout, quand elle a, com-

» me vous, les graces naturelles & les
» charmes d'un caractère heureux. Vous
» formez le rondeau de mes études.
» Après un quart - d'heure de lecture ,
» après quelques propros d'ufage ou de
» morale, ma tête retourne fans ceffe à
» vous avec empreffement pour s'arrêter ;
» elle fe fent défolée de ce que mon
» corps n'eft pas à vos genoux ; votre
» fanté , votre tendreffe & votre préfence
» font les termes où tendent mes vœux
» perpétuels. Mandez fouvent comment
» vous paffez le tems. Les nouvelles du
» monde & de la Cour m'affectent peu.
» Mon attachement fans mefure demande
» du perfonnel. Mon zèle & mon amour
» ne font affamés que d'apprendre l'état
» au naturel de votre fanté & de votre
» cœur..... c'en eft affez..... On vous
» embraffe avec tranfport , charmante
» Flore.

    » Ma lettre renferme un fecret , tâchez
» de le pénétrer ».

Lettre fans O.

    « Dès demain , cher ami , je vais cher-
» cher une retraite chez les Capucins.
» J'ai malheureufement perdu au Jeu

B 3

» l'argent que ma mère m'a remis, afin
» d'acquitter des dettes criardes. Elle en
» est furieuse, & je m'en désespère jus-
» qu'à m'arracher les cheveux. J'ai déja
» parlé au Père Gardien du Marais, qui
» m'a dit de revenir à la huitaine. Tu
» riras, quand tu me verras une belle
» barbe & les épaules chargées d'une
» besace. Je sais que je figurerai mal avec
» un habit de bure, des sandales, & les
» jambes nues, à l'exemple des animaux;
» mais je suis dans la nécessité malheu-
» reuse d'expier mes fredaines. Il fau-
» dra vivre sans argent, sans chemise,
» jeûner, prier, se discipliner. Cette vie
» est dure. Je sens que l'état auquel je
» me livre a ses désagrémens; mais je ne
» suis pas maître d'agir d'une autre manière.
» Ma pénitence ne sera que la suite né-
» cessaire de l'état fâcheux qui m'accable.
» J'ai été dupé, ainsi qu'un blanc - bec,
» sans expérience, par des femmes intri-
» gantes. Cette ânerie m'affublera d'une
» livrée grise. Ne crains pas que j'aille
» humblement faire la quête ; c'est un
» métier auquel je n'entends rien, & qui
» est humiliant; j'aspirerai à devenir Père,
» & je parviendrai aux dignités supé-
» rieures. Un Gardien a des privilèges,

» J'irai dans les campagnes prêcher , dire
» la meffe , éteindre le feu , & aider les
» Curés dans leur defferte : cela vaut quel-
» que petite aubaine. Ma vie fera plus
» utile à la Patrie que celle d'un Bernardin
» & d'un Céleftin, qui, richement rentés,
» paffent le tems à table , & vuident plus
» de pintes de vin qu'ils ne lifent de
» livres. Je fens, à la vérité, une peine
» extrême à quitter la jeune Babet. Elle
» eft gentille , fraîche , entendue ; elle
» aura du bien, & j'ai defiré m'unir à
» elle par le mariage; fa tante m'en a
» flatté ; mais il n'y faut plus penfer.
» Cependant, le facrifice eft rude. Une
» charmante maitreffe & une femme efti-
» mable valent mieux qu'un capuce de
» laine & un cilice de laine. Ces idées
» me tuent, quand je penfe qu'une cel-
» lule eft le feul afyle qui me refte, &
» qu'il faut dire un éternel adieu aux plai-
» firs du fiècle. Ma mère irritée me pré-
» pare une chambre chez les Lazariftes ;
» mais je préfere à ce fupplice, celui de
» me précipiter dans la rivière. J'ai été
» tenté de m'arranger avec un Capitaine ;
» mais ma taille eft petite , & je fuis
» timide à l'excès. D'ailleurs , j'aime ma
» liberté. Je fuis cependant menacé de

» la perdre. Tâche de me remettre en
» grace auprès de ma mère. Elle chérit
» l'argent ; mais elle est affez pieufe, &
» elle a un Prêtre de Saint-Sulpice qui
» la dirige. Qu'il lui parle de Dieu,
» qu'il lui faffe peur du diable ; peut-
» être la ramènera-t-il à des fentimens
» plus humains. Elle n'eft pas curieufe de
» faire un Capucin dans fa famille. Elle
» n'a qu'à s'imaginer qu'elle m'a avancé
» mille écus, fur l'héritage qui me revien-
» dra quand elle quittera la terre. Il fera
» difficile de la déterminer ; mais elle a
» de la vanité, & elle est capable de fe
» laiffer prendre par la patience, la fa-
» deur & les careffes. Si elle réfifte, je
» m'enterre définitivement. Je ne me fais
» déja plus rafer ; & n'ayant pas de gîte
» ni d'efpèces, je me prépare d'avance
» la face pâle d'un pénitent. Au reste, le
» métier que j'embraffe eft affez avanta-
» geux dans la vie préfente & la vie fu-
» ture. Un Frère Quêteur, de la rue
» Saint - Jacques, m'a affuré qu'il n'y a
» jamais eu de Capucins dans l'Enfer :
» c'eft apparemment qu'à leur arrivée au
» Ténare, le feu leur brûle la barbe, &
» qu'ils deviennent Picpus ».

Lettre fans U.

« J'ALLAI hier , mon cher confrère ,
» dans le Marais , chez le moins gras des
» Financiers de Paris. Le repas était ex-
» cellent. Cinq perfonnes le partageaient ;
» mon ami , fa femme , fa nièce, fon
» Abbé & moi. La table était proprement
» garnie ; & dès les entrées , le maître de
» la maifon fongea à fatisfaire le befoin
» de l'appétit ; il entreprit de manger des
» petits-pâtés , des cardons , & de tâter à
» différens mets: fa femme s'y oppofa
» fortement, prétextant des craintes fon-
» dées : comme le mal d'eftomac , la mi-
» graine , &c. Le mari defirant n'être
» point en refte, prit les mêmes attentions
» à l'égard de fa femme ; & par cette
» complaifance recherchée & tendre , s'ils
» fe garantirent d'accidens, ils s'abftinrent
» de l'innocent plaifir d'effayer des mets
» délicats permis même à des malades.
» Le rôti, les falades, l'entre-mets , le
» deffert enfin , ont été les objets de fem-
» blables foins. Moi, je mangeai en affamé;
» l'Abbé m'imita ; & la nièce, en grigno-
» tant, s'attacha à empifrer fon chat
» Angola. Mais le maître & la maitreffe
» fortirent de table , légers & difpos ,

B 5

» malgré la faim, & malgré l'excellence de
» la chère, destinée charitablement à des
» étrangers & à des parasites. Je repré-
» sentai en riant à mes hôtes, combien
» mal-à-propos ils se martyrisaient en se
» retranchant des choses agréables, &
» fesant sans relâche le rôle imposant de
» Médecin. La faiblesse de tempérament,
» les attentions, les craintes & la tendresse
» maritale, ont été les réponses à mes
» syllogismes, tendans à obliger des gens
» honnêtes, estimables, mais s'aimant par
» excès & mal-adresse.

» Ce procédé extraordinaire m'a fait
» faire des réflexions. Les hommes pro-
» fitent rarement des biens dont ils sont
» en possession libre & entière. Tel né-
» glige sa femme charmante, & s'aban-
» donne à sa maitresse méchante & laide.
» Le Robin n'aime point son métier ho-
» norable, & il s'en distrait par des niai-
» series. Le Militaire riche & en grade,
» achète de brillans carrosses, & se pro-
» mène à pied. Telles sont en partie
» les disparates de la société. Il paraît
» des réglemens relatifs à l'Opéra : nom-
» bre de partisans zélés en seront mécon-
» tens & crieront. J'entends sans cesse dans
» ce pays-ci parler de liberté, & jamais

» on en profita moins en Librairie & en
» Spectacles. L'efprit badin rencontre
» des obftacles ; & malgré fa circonfpec-
» tion , il eft expofé à des recherches in-
» commodes. Il eft bon de prendre fon
» parti , & de fe confoler en attendant
» le tems defiré par le Sage. Bon foir,
» mon royal ami ».

Je penfe que le lecteur verra ici avec
plaifir une lettre toute en monofyllabes :
une femme eft fuppofée l'écrire à fon
amant.

« Non , je n'ai point dit de mal de
» vous, ni ne vous ai fait de tort. Ce font
» des fots & des gens peu vrais qui vous
» font tant de peur. Je fuis fans fiel. Ne
» vous fiez pas à de vains bruits. Le
» grand P*** eft faux & fou ; vingt fois
» par jour on lui dit tout net , qu'il eft
» plat ; mais il n'en croit rien ; il ne voit ,
» ni ne fent.

» La B*** a le ton vain , & ne craint
» pas les coups de dents. Je lui fais peu
» ma cour. Elle m'en veut & me hait ;
» mais je le lui rends bien. Ils font , tous
» les deux , trop fots pour vous & pour

B 6

» moi ; ils vont à leur but ; mais je ne
» crains rien de leurs vues & de leurs
» traits. Mon cœur eſt franc , ſans art ;
» & quand il eſt pris , je m'y tiens. Je
» vous dois tout ; mais l'or ſeul n'a pas
» fait le nœud qui nous a joints. Je vous
» vis , je vous crus bon , doux & ſûr ;
» je vous plus ; & dès-lors tout fut dit ,
» tout fut fait, je n'eus plus rien à moi,
» tout fut à vous. Mon ſort eſt beau
» quand je vis près de vous en paix. Mes
» fers n'ont rien de dur ; & cent fois je
» vous ai vu ſous mes loix plus fier qu'un
» coq, & plus gai qu'un roi. Si ce tems
» n'eſt plus, la mort eſt mon lot, & j'y
» cours. .... Mais le trait eſt fou :
» non, je ſens qu'il vaut mieux & pour
» vous & pour moi nous être chers de
» plus-en-plus. Oui , je vis pour vous ;
» la clef de mon cœur eſt dans vos mains.
» Je vis pour vous voir , je m'en fais
» une loi , & je ſuis à vous pour la
» vie ».

Un jeune homme feſait ſa cour à une
jolie femme , & s'efforçait vainement de
la rendre ſenſible. Un jour qu'il lui
exprimait combien il y avait de tems

qu'il éprouvait fes cruautés , & combien il était rigoureux de ne point lui
tenir compte de fa perfévérance , la
dame fe mit à rire , & le défia de lui
faire des vers dans chacun defquels en-
treraient les mots *compte* & *tems* ,
qu'il venait de répéter avec tant d'exa-
gération. Le jeune homme entreprit
de fatisfaire ce caprice ; voici les vers
qu'il compofa fur le champ :

Je ne *compte* pour rien le retour du prin*tems* ,
Ce *tems* où les Amans trouvent fi bien leur
     compte ;
Si la Beauté fur qui depuis long-*tems* je *compte*
Ne veut venir à *compte* & me payer mon *tems*.
Comptes , cruelle Hébé , depuis combien de *tems*
Je perds un *tems* pour toi dont tu ne tiens nul
     compte.
Mais de ce *tems* un jour l'Amour me tiendra
     compte :
Un bon *compte* avec lui peut payer bien du *tems*.

LA femme d'un Artifte adoptait toutes
les modes ; les bonnets les plus hauts, les
panaches les plus élevés n'étaient jamais
trop chers pour elle ; on la vit fouvent

promener fes graces en robe à la Polonaife,
à la Lévite. Comme la fortune fe trouve
rarement avec les talens, le fafte peu réfléchi de cette bourgeoife petite - maitreffe, eut bientôt mis le défordre dans les
affaires de l'Artifte qui l'avait pris pour
compagne. La Dame ne voulant rien di-
minuer de fon luxe, ni de la dépenfe de
fa maifon, imagina de confeiller à fon
mari de s'empoifonner avec elle. Sa pro-
pofition fut refufée ; mais elle n'en perfifta
pas moins, dans le deffein de quitter un
monde où elle aurait eu le défagrément
de n'être pas mife à fa fantaifie. Elle s'en-
ferma dans fa chambre ; & fe dévouant à la
mort, en victime de la mode & du luxe,
elle avala courageufement une dofe très-
forte d'arfenic, qui la fit expirer dans des
fupplices horribles.

LE Sieur Larive, Acteur de la Comédie Françaife, eft rempli de talens, dont
je donnerai une idée, en difant qu'il adoucit le regret qu'on aura toujours de la
perte du célèbre le Kain. Mais un jour
que cet Acteur eftimable avait rendu avec
beaucoup de vérité le rôle de Gengiskan,
dans l'*Orphelin de la Chine*, on eut une

nouvelle preuve que le mérite aura fans ceffe des ennemis & des envieux : au moment que le Sieur Larive annonça *Zaïre* pour le Samedi fuivant , une voix feule s'éleva du milieu du parterre, & lui cria : *N'y jouez pas*. Ce cri de l'envie ou de l'ignorance , excita la plus vive indignation ; les loges fe réunirent au parterre , pour combler le Sieur Larive de nouveaux applaudiffemens , & contraignirent l'injufte frondeur à prendre la fuite , afin de fe dérober aux huées de tous les fpectateurs.

UN des rufés trompeurs , dont Paris fourmille , voyant paffer dans la rue une cuifinière qui lui parut d'humeur crédule , feignit de ramaffer un paquet qui contenait une coëffure. —— « C'eft une Valen-» cienne que vous venez de trouver-là , » s'écria auffi-tôt un homme apofté : —— «J'en donne dix-huit francs » , ajouta un fecond , qui était auffi du complot. La cuifinière crut faire un bon marché en achetant cette coëffure ; mais lorfqu'elle la fit examiner dans la maifon où elle fervait , on s'apperçut que la prétendue Valencienne n'était que de la batifte gauffrée.

UN jeune homme, en robe-de-chambre & en pantoufles, les cheveux retrouffés par un peigne, entra dans la boutique d'un Horloger, qui avait un Notaire pour voifin, & lui demanda une montre pour le Notaire. Après en avoir examiné plufieurs, le jeune homme en choifit une, en demanda le prix, & dit qu'il allait la faire voir au Notaire, & qu'il la rapporterait fur le champ, fi elle ne convenait point. L'Horloger trompé par l'habillement négligé du jeune homme, le prit pour un des clercs du Notaire, & n'eut pas de peine à lui confier la montre. Mais ne le voyant pas revenir, il alla chez fon voifin le Notaire, & fut confondu, quand il lui entendit dire qu'il n'avait chargé perfonne d'une pareille commiffion.

PENDANT plufieurs jours, un enfant de huit à neuf ans, affez proprement vêtu, & d'une figure fort agréable, fe tint accolé contre un mur, tantôt dans un endroit, tantôt dans l'autre, en fondant en larmes, & en paraiffant au défefpoir. Les paffans ne manquaient pas de l'interroger fur la caufe de fon chagrin : — « J'ai » perdu, difait-il, une pièce de deux

» fols, & ma mère va me battre ». — On
s'empreffait de fécher fes larmes ; alors il
changeait de place , & allait recommencer
fon rôle. Quand il appercevait des gens
richement mis , il redoublait fes fanglots ,
& c'était de douze fols dont il déplorait
la perte : il ne s'agiffait que de la moitié ,
lorfqu'il était plaint par des perfonnes qui
lui paraiffaient moins opulentes. Un particulier , auffi riche que bienfaifant , fa bru
& fon gendre , qui fe rendirent féparément
dans la même maifon pour y dîner , fe
trouvèrent avoir chacun contribué d'une
pièce de douze fols à ce petit manége.

DEUX foldats , après s'être grifés au
cabaret, fe querellèrent pour un fujet affez léger, & l'un d'eux voulut abfolument
mettre l'épée à la main. Le plus raifonna-
ble prit le parti de tâcher de s'efquiver ;
mais fon camarade le fuivant de fort près ,
il fe jetta dans une maifon , monta rapidement l'efcalier jufqu'au dernier étage ; parvenu tout en haut , il trouva une échelle
qui conduifait à l'échafaud d'un maçon ;
toujours pourfuivi, il monta cette échelle,
& le foldat furieux en fit de même. Alors,
les repréfentations étant inutiles , le mili-

taire raisonnable tira l'épée , & poussa de terribles bottes à son adversaire. Le manœuvre aussi surpris qu'on peut se l'imaginer , abandonna le plus étrange champ de bataille qui ait jamais été choisi , & tirant l'échelle , menaça les soldats d'aller chercher la garde. La crainte d'être pris comme au trébuchet , adoucit tout-à-coup celui qui n'avait voulu rien entendre , & il pria son camarade de lui pardonner ; l'échelle fut remise en place , & les deux champions descendirent les meilleurs amis du monde.

LE domestique d'une maison où va quelquefois le fameux Préville , le priait depuis long - tems de lui procurer un billet de Comédie. Préville enfin lui en donna un. Quelques jours après , cet Acteur revint dans la même maison , & demanda au domestique s'il avait été content. Celui-ci répondit qu'il avait trouvé la salle & les décorations fort belles. — « Mais , ajouta » Préville , n'avez-vous pas entendu ce » que disaient les Acteurs ? — Ma foi , » non ; ils parlaient de leurs affaires, & cela » ne me regardait point ».

Un autre laquais auſſi peu ſpirituel, étant à la campagne, reçut ordre de ſon maître d'aller voir l'heure à un cadran ſolaire, poſé ſur une pierre dans le jardin. Après avoir tourné vingt fois autour, le domeſtique fort embarraſſé, apporta officieuſement le cadran ſolaire à ſon maître, en lui diſant : — « Tenez, Monſieur, cherchez l'heure vous-même, car je ne m'y connais pas ».

Voici encore un trait de naïveté auſſi plaiſant que ceux qu'on vient de lire ; il eſt d'un Provincial pendant ſon ſéjour à Paris. On lui avait dit que l'Ambaſſadeur de Veniſe devait faire ſon entrée à la Cour, & que c'était un ſpectacle magnifique. Auſſi-tôt il vole à Verſailles, il arrive à la porte de la Chapelle, d'où il voit ſortir le Chancelier en long manteau bleu (1) : il demande à ſon voiſin : — « Monſieur, ce Cardinal en bleu, eſt-ce l'Ambaſſadeur de Veniſe qui fait ſon entrée » ?

---

(1) C'était alors M. de Maupeou, Officier-Commandeur de l'Ordre du Saint-Eſprit.

UNE Demoiſelle vivait avec une tante,
dont elle attendait toute ſa fortune, &
de laquelle elle ne pouvait obtenir le con-
ſentement pour ſon mariage avec un jeune
homme d'une très-bonne famille. Réduite
à ne voir ſon amant qu'à la dérobée, elle
profitait du moment où ſa tante était retirée, pour l'introduire dans la maiſon, &
paſſer la ſoirée avec lui & un de ſes cou-
ſins, ſans lequel il n'aurait pas été reçu
chez ſa maitreſſe. Quatre voleurs, dans
la perſuaſion de ne trouver que des femmes dans cette maiſon, qui eſt ſituée à
l'extrémité d'un des fauxbourgs, s'y in-
troduiſirent vers les onze heures du ſoir.
Deux de ces ſcélérats entrèrent dans la
chambre de la vieille tante, qui, ne dor-
mant point encore, jetta un cri perçant.
Le jeune homme, qui était avec ſon cou-
ſin dans la chambre de la nièce, accourut
à ce cri; ils trouvèrent deux hommes ar-
més qui voulurent s'oppoſer à leur paſſage, mais qu'ils eurent bientôt mis hors
de combat; ils volèrent enſuite dans la
chambre de la tante, & y arrivèrent au
moment qu'un poignard était levé ſur elle,
& qu'un oreiller étouffait ſes cris. Le jeune
homme s'élança ſur les aſſaſſins, & s'en

faifit , fecondé par fon parent. La tante , frappée du danger qu'elle venait de courir , ne put fe réfoudre à refufer davantage pour fon neveu , celui qui était fon libérateur.

~~~~~~~~~

Un homme vêtu d'un uniforme bleu , galonné en argent , fe préfenta vers les huit heures du foir à un hôtel garni , & fe fit donner une chambre ; il demanda enfuite un homme de confiance pour aller chercher fes malles au Bureau de la Diligence ; on lui repréfenta qu'il était trop tard , que le Bureau ferait fermé , & il remit la commiffion au lendemain. Mais comme il trouva qu'il aurait le tems , avant fouper , d'aller faire un tour dans Paris , il voulut avoir un carroffe de remife , & fe fit conduire dans une de ces maifons confacrées aux plaifirs des libertins. Il en fortit peu après avec une femme élégamment mife , qu'il mena chez un horloger , fous le prétexte de lui faire préfent d'une double boîte pour fa montre. La jolie nymphe , accoutumée à être complaifante , laiffa fa montre pour qu'on y ajuftât cette double boîte , & fe rendit

avec l'inconnu à l'hôtel où il devait loger. Il commande un souper délicat ; &
tandis qu'on l'apprête , il veut donner à
sa facile compagne de nouvelles preuves
de sa générosité ; il fait venir un bijoutier
du voisinage , afin de changer les brace-
lets & les boucles de la Dame , pour des
bijoux plus précieux , & il ôte lui-même
les ornemens qu'il va remplacer. Le choix
étant décidé , il ouvre la fenêtre , & crie
qu'on lui apporte de l'argent blanc pour
deux doubles louis ; on tarde à venir ; il a
l'air de s'impatienter , il descend en paraîs-
sant de mauvaise humeur , & quoique le
bijoutier veuille lui épargner cette peine.
Le Marchand & la Beauté peu cruelle,
attendirent son retour pendant une demi-
heure ; commençant à s'impatienter , ils
descendirent eux-mêmes : l'homme à l'u-
niforme bleu n'était qu'un effronté filou,
qui avait pris la fuite , après avoir enlevé
adroitement l'argenterie qui était sur la
table où l'on devait lui servir le souper ;
en chemin faisant , il passa chez l'horloger pour reprendre la montre qu'il y avait
fait laisser. Ainsi , la courtisanne en fut
pour sa montre, ses boucles & ses brace-
lets d'or ; le Bijoutier, pour plusieurs pai-

res de boucles ; le Traiteur, pour son souper & son argenterie, & le propriétaire du carrosse de remise, pour le loyer de sa voiture.

Un homme qui tient le premier rang dans sa province, se rendit à Paris où ses affaires devaient le retenir une partie de l'hiver. Le lendemain de son arrivée, un inconnu s'étant fait introduire dans son appartement : — « J'ai appris, lui dit-il, » que Monseigneur doit rester quelque » tems dans cette ville, & je viens lui » demander la préférence pour la fourni- » ture de son bois. J'en ai d'excellent dans » mon chantier, & tous les jours on m'en » fait compliment : c'est moi qui fournis » Monsieur le Duc de ***, le Palais de ***. » — Eh bien ! faites-m'en amener vingt- » cinq voies ». — Le Marchand tire sa ré- vérence, & dès le lendemain les vingt- cinq voies furent arrangées dans sa cave. Jamais on n'a brûlé de meilleur bois ; le maître, ses gens, tout le monde en fe- sait l'éloge. Le Marchand reparut au bout de trois ou quatre jours. — « Eh » bien ! Monseigneur est-il content de son » bois ? — Parfait ! excellent ! .... En

» avez - vous le mémoire ? — Monsei-
» gneur ... je ne viens pas ... pour cela. —
» N'importe, donnez ; je paye mes four-
» nisseurs comptans ». — Le Marchand
toucha le prix de son bois. Un mois après
parut un autre homme. — Je viens, dit-il,
» m'informer si Monseigneur est content
» des vingt-cinq voies de bois que je lui
» ai fournies ? — Je l'ai déja dit, le bois
» est très-bon. — C'est que je suis à la
» veille de faire un gros paiement, & si
» Monseigneur voulait, je lui remettrais
» son mémoire quittancé. — Comment ?
» mon mémoire ! je ne le paierai sûrement
» pas deux fois » : — & tout en parlant, il montra le premier mémoire qu'il
avait acquitté ; & le véritable Marchand
s'en retourna dupe du tour que lui avait
joué un filou, qui s'était présenté à son
chantier, comme un valet-de-chambre de
la nouvelle pratique.

MOLIERE, en voyant un mendiant hon-
nête-homme , s'écria : *où la vertu va-
t-elle se nicher*? le trait qu'on va lire fera
sûrement faire la même exclamation. Un
particulier, en sortant du bal de l'Opéra,
envoya chercher un carrosse par un porte-
fallot,

fallot, auquel il donna un double louis, croyant ne lui remettre qu'une pièce de vingt - quatre fous. Le porte - fallot ne s'apperçut pas plutôt de l'erreur, qu'il dépofa le double louis entre les mains d'un Infpecteur de Police, afin qu'il le rendît à la perfonne qui le réclamerait.

Voici un exemple fort extraordinaire de l'attachement d'un chien. Un enfant d'environ treize ans, était à fe baigner dans la rivière, lorfqu'il fut entraîné par le courant de l'eau dans un trou extrêmement profond, où il ne pouvait manquer de périr, fi un chien qu'il avait ne fût venu à fon fecours. Cet animal plongea après lui quatorze ou quinze fois de fuite, & le ramena autant de fois à la furface, en le prenant, tantôt par les cheveux, & tantôt par les bras. Enfin, par fon manège on eut le tems d'accourir fauver cet enfant ; mais le malheureux animal, exténué de fatigue & ne pouvant être affez tôt fecouru, périt en confervant la vie à fon jeune maître.

I. Part.   C

Une Dame de qualité ayant à parler à un Financier, chez qui elle n'avait jamais été, on la fit attendre dans une antichambre remplie de laquais. Il vint quelqu'un qui la reconnut, & qui s'étonna de la voir dans une telle compagnie : — « Eh ! » dit-elle, j'y suis fort bien ; je ne les » crains point tant qu'ils sont laquais ».

La fidélité conjugale est si rare de nos jours, qu'on ne croirait point qu'il y ait des artémises modernes, si un petit nombre d'exemples ne prouvait leur existence extraordinaire. On a vu dans la Capitale de la France, une Dame qui aimait tellement son mari, que cet homme étant mort, elle mit son cœur dans une urne de vermeil, qu'elle tint pendant plusieurs années, sur une table, entre deux bougies allumées, nuit & jour ; elle venait régulièrement pleurer & gémir auprès de ces tristes restes ; elle contemplait, elle touchait ce cœur ; & quand on venait lui dire qu'il y avait sept heures consécutives qu'elle était ainsi en proie à sa douleur, elle ne croyait pas qu'il y eût seulement une demi-heure.

MADAME la Comtesse d'Harcourt à
donné dans Paris un pareil exemple d'a-
mour conjugal. La mort lui enleva son
mari en 1769. Depuis ce tems-là jufqu'en 1780, où elle mourut, cette tendre époufe conferva toute la vivacité de
fa douleur. Elle fit élever dans l'églife
de Notre-Dame, à la mémoire de fon
époux, un riche maufolée, de la com-
pofition du célèbre le Moyne, s'y fit
repréfenter elle-même plongée dans l'af-
fliction. Non-contente de ce témoignage
éclatant d'un amour qui furvit à la mort,
elle fit jeter en cire la figure en grand
du Comte ; elle la fit révêtir de la robe-
de-chambre dont il fe fervait, & la plaça
dans un fauteuil à côté du lit où il avait
coutume de coucher. Plufieurs fois, chaque
jour, elle allait s'enfermer dans ce trifte
lieu.

UNE jeune Dame fort aimable, attaquée
de vapeurs, maladie très à la mode, prenait depuis fix femaines, par ordre d'un
habile Médecin, les eaux de Paffi, fans
en reffentir le moindre foulagement. Un
Officier, chargé de lui en envoyer quelques
bouteilles, paffa chez un Financier, fon

ami & celui de la Dame, lequel, suivant
son goût dominant, persuada à l'Officier
que la malade ferait mieux, au-lieu d'eau
ferrugineuse, de prendre de l'eau-de-vie
d'Andaye ; il pérora si bien pour prouver
son système, que l'Officier consentit à
recevoir trois bouteilles de cette eau-de-
vie, qu'il fit porter chez la Dame, comme si c'eût été des eaux de Passi. L'eau-
de-vie ayant été mise au bain-marie, lui
fut apportée au lit par sa femme-de-
chambre, instruite du secret ; on lui en
donna environ un demi-setier, dans un
grand gobelet de cristal : au moyen de la
précaution que prenait la Dame, pour
éviter l'odeur des eaux, de se pincer le
nez, la liqueur passa rapidement dans le
gosier ; mais à peine fut-elle introduite
dans l'estomac, qu'elle se fit vivement
sentir. La malade se trouva bientôt attaquée de tous les symptômes de l'ivresse ;
elle vomit beaucoup, & crut qu'elle allait
mourir ; mais cette crise finie, elle se
trouva parfaitement guérie de tous ses
maux, & redevint plus belle que jamais.

UN jeune homme de Paris qui, avec une
compagnie nombreuse, alla à Lyon, pour

jouir de la satisfaction de voir cette seconde ville du Royaume, raconte de la manière suivante l'aventure qu'il y eut : « Nous étions logés à la Petite-Notre- » Dame, & nous étions liés avec une » fort bonne compagnie qui était dans » l'auberge, enforte que nous mangions » enfemble. La veille de notre départ, » j'étais dans la cour fur les cinq heures » du foir, lorfqu'un homme y entra, » menant fon cheval par la bride. —Prends » foin de mon cheval, dit - il au valet » d'écurie. —— Nous n'avons pas de lit, » lui répondit ce valet ; ainfi, Monfieur, » cherchez une autre auberge. —— Cela » eft jufte, reprit cet homme, il faut » donner quelque chofe au valet, & » j'aurai foin de toi demain matin. — Je » ne vous dis pas cela, reprit ce garçon ; » je vous avertis que nous n'avons point » de place, & que je ne puis mettre votre » cheval à l'écurie, qui eft pleine. — Cela » fuffit, reprit cet homme ; tu as l'air » d'un brave garçon ; aye bien foin de » ma bête. —— Je crois que ce diable » d'homme-là eft fou, s'écria le valet, » en voyant l'étranger prendre le chemin » de la cuifine : que veut-il que je faffe » de fon cheval ? —— Je penfe qu'il eft

» fourd, dis-je alors au valet : prenez
» garde que fon cheval ne forte, vous
» en feriez refponfable — Je fuivis cet
» homme à la cuifine. L'hôteffe lui fit le
» même compliment que fon valet ; il
» lui répondit qu'il lui était bien obligé ;
» mais qu'il la priait de ne point le fati-
» guer à lui faire des complimens, parce
» qu'il était fi fourd, qu'il n'entendait pas
» tirer le canon : & tout de fuite il prit
» une chaife, & s'établit auprès du feu,
» comme s'il eût été chez lui. L'hôteffe
» tint confeil avec fon mari & le cuifi-
» nier ; & vu qu'il n'y avait pas moyen
» de faire fortir cet homme de force,
» il fut décidé qu'il coucherait fur fa chaife.
» J'entrai dans la falle, où je racontai à
» la compagnie l'embarras de l'hôteffe : on
» en rit, & moi tout le premier, qui ne
» croyais pas que je ferais la dupe de
» l'aventure. On fervit ; & notre homme
» entra à la fuite des plats, & s'affit au-
» près de la table, vis-à-vis de la porte.
» Comme nous étions en fociété, on lui
» dit qu'il pouvait fe mettre à la table
» d'hôte, & que nous ne voulions pas
» d'étranger. On lui avait fait ce com-
» pliment à tue-tête : il crut apparemment
» qu'on voulait le faire mettre à la place

» diftinguée ; car il répondit qu'il était fort
» bien , & qu'il favait trop bien vivre ,
» pour fe mettre au haut bout de la ta-
» ble. Voyant qu'il n'était pas poffible
» de nous faire entendre , il fallut pren-
» dre patience ; il mangea comme quatre ;
» & lorfqu'on apporta la carte de la dépen-
» fe , il tira trente fous de fa poche , &
» les mit fur la table. La dépenfe de cha-
» cun de nous était bien plus forte ; on tâ-
» cha de le lui faire comprendre ; mais il ré-
» pondit toujours qu'il n'était pas homme à
» fouffrir qu'on payât fon écot, & qu'il nous
» était trop obligé de vouloir le défrayer ;
» que, quoiqu'il fût mal mis , il avait le
» gouffet garni : ce qu'il difait , fans doute ,
» parce qu'on lui rendait fa monnoie pour
» qu'il donnât davantage. Sur ces entre-
» faites , ayant vu monter une fervante
» qui portait une baffinoire, il fit une
» révérence & fortit, en nous laiffant tous
» éclater de rire. Une minute après , la
» fervante defcendit & me dit d'aller dé-
» fendre mon lit , dont cet homme s'était
» faifi fans vouloir entendre fes raifons.
» Nous y montâmes tous ; mais il avait
» barricadé la porte, & nous fentîmes qu'il
» était inutile d'y frapper. Comme il par-
» lait feul, nous prétâmes l'oreille. —— Que

» ma condition eft miférable, difait-il !
» on pourrait enfoncer ma porte fans que
» je l'entendiffe : je n'ai d'autre reffource
» que de veiller toute la nuit avec ma
» chandelle allumée, pour faire ufage de
» mes piftolets fi on entreprenait de me
» voler. Il n'en eut pas la peine, je paffai
» la nuit auprès du feu, & je pardonnai
» de bon cœur à cet homme, qui me
» paraiffait fort à plaindre. Il fe leva le
» lendemain de bonne-heure, donna
» trente fous pour la dépenfe de fon che-
» val, & étant monté deffus, il m'adreffa
» la parole : —— Je vous demande pardon,
» me dit-il, d'avoir pris votre lit. Un
» de mes amis, à qui on avait refufé un
» logement ici, a gagé vingt louis que je
» n'y coucherais pas : cette fomme valait
» bien la peine d'être fourd. Au refte,
» Monfieur, j'ai compris, par votre dif-
» cours, que vous allez prendre la dili-
» gence d'eau ; je vous y trouverai, &
» vous prierai d'accepter un bon déjeûné,
» pour réparer la mauvaife nuit que vous
» avez paffée ». —— Il piqua des deux en
» achevant ces mots, & nous laiffa fort
» étonnés du fang-froid avec lequel il avait
» joué fon rôle ».

ON lit dans le *Journal de Paris* cette anecdote bien touchante , fur-tout pour les ames fenfibles, qui ont éprouvé les douceurs & les peines de l'amour : les Rédacteurs de ce Journal affurent que la fcène eft dans une ville de Normandie , & que l'infortunée héroïne vit encore. Une Demoifelle allait époufer un jeune homme qui aimait autant qu'il était aimé ; l'inté-rêt ne préfidait point à cet engagement ; il allait fe former fous les aufpices de l'a-mour le plus tendre. Quelques jours avant de marcher à l'Autel , le jeune homme s'apperçoit que des papiers néceffaires lui manquent ; il demande un délai de quinze jours pour aller chercher fes papiers , & promet de hâter la conclufion d'un mariage auquel fa vie même eft attachée. Son époufe future n'écoutait point fes raifons ; elle s'abandonnait aux plaintes , aux alar-mes ; elle ne voyait , elle ne reffentait que la douleur d'être féparée d'un objet qui lui était fi cher. Enfin , il fallut confentir à un départ indifpenfable. Mais la trop fenfible amante, fans écouter ni les bien-féances , ni les repréfentations de fa fa-mille , fefait fans ceffe éclater fes regrets fur un délai, qui cependant avait un terme très-court. Une lettre qu'elle reçut ne cal-

ma qu'un inftant fa vive impatience ; fon
amant, après lui avoir renouvellé les pro-
teftations d'une tendreffe éternelle, lui
marquait le jour de fon arrivée. Elle de-
vance de plufieurs heures l'inftant qu'elle
doit revoir fon amant, elle vole fur la
route ; enfin, elle apperçoit un carroffe de
voiture, elle en approche, palpitant de
joie, & cherche de fes yeux fon bien-aimé.
— « Où eft-il ? où eft-il ? Monfieur ***,
» n'eft-il pas dans ce carroffe ? daignez
» m'inftruire »…. — Un homme d'un
certain âge, & qui avait une trifteffe profonde pe nte fur le vifage, fort de la voiture : — « Mademoifelle, je puis vous
» fatisfaire…. — O ciel ! il n'eft point
» ici, Monfieur ! cependant il m'avait af-
» furée … — Je fuis fon oncle, Made-
» moifelle, & je viens tout exprès… —
» Aurait-il changé, Monfieur ? Ses parens
» ne voudraient-ils plus ?... hélas ! je ne le
» vois point, je ne le vois point !. Un fou-
» pir vous échappe, Monfieur … faut-il
» que je renonce à cette union ?... —
» Mademoifelle … Mademoifelle, armez-
» vous de beaucoup de courage; non, mon
» neveu ne s'eft point rendu coupable en-
» vers vous … une maladie…. — Une
» maladie … je cours … je vais … oh !

» mes parens me le permettront. ... —
» Ces marques de bonté, Mademoiselle ...
» font inutiles » .... — A ces mots, le
vieillard verle un torrent de larmes : —
« Eft-ce que vous ne m'entendez point,
» Mademoiselle ? — « Il ferait mort » !
L'oncle fe tait, & il cède à une abondance
de fanglots. — « Quoi! il ne ferait plus » !
Elle apprend qu'une mort fubite lui a
enlevé fon amant la veille qu'il devait
partir, & qu'il n'a eu que le tems de prier
fon oncle d'aller voir fa maitreffe, de lui
dire qu'il mourait en l'aimant plus que jamais, & de faire tout fon poffible pour
la confoler. — « Il n'eft plus » ! répète
l'infortunée, d'un ton pénétré ; & dès ce
moment fon efprit s'égare, tous fes fens
font livrés à un défordre que nul remède
ne peut guérir. Cette malheureufe victime
de l'amour furvit à fon amant pour être
toute entière au trait qui l'a frappée ; depuis près de cinquante ans, malgré la rigueur de la faifon, elle fait à pied, tous
les jours, une route d'environ deux lieues,
& fe rend à l'endroit où elle efpérait trouver le jeune homme de retour ; il ne lui
échappe que ces mots : — *Il n'eft point
encore arrivé ! je reviendrai demain.* —
Toujours enfevelie dans une profonde

douleur , voilà depuis cinquante années
les feules paroles qu'elle profere. Quelques perfonnes avaient donné le barbare
conseil de la renfermer ; les Magiftrats ,
plus compatiffans, ont décidé qu'on ne la
priverait point de la liberté , fa folie n'é-
tant nullement préjudiciable à la Société ;
mais bien digne de ce refpect, de cette vé-
nération pleine d'égards qu'on doit au x.
malheureux.

MADAME de ****, féparée de fon mari
depuis trois ans, qui vivait même à deux-
cens lieues de la Capitale, oublia tellement
fon époux , qu'elle devint groffe ; mais
ne s'allarmant point de fon état , elle ne
prit aucune précaution pour le cacher ,
perfuadée qu'on l'attribuerait à quelque
voyage *incognito* de celui dont elle portait le nom. Quelqu'un s'avifa un jour de
demander à fa femme-de-chambre comment il fe pouvait que Madame de *** fût
enceinte, puifque fon mari était abfent :—
« Oh ! répondit cette fille , il écrit , c'eft
» la même chofe ».

VOULANT être la maitreffe à la maifon,
& laffe d'être contredite. & battue, une

femme du peuple eut l'indignité de tuer
fon mari à coups de bûche , pendant qu'il
était ivre ; elle l'enfevelit enfuite avec une
tranquilité affreufe , & alla dire à la pa-
roiffe que fon mari venait de mourir fubitement. Mais, comme il eft jufte que le
crime foit puni , les voifins déclarèrent
qu'ils avaient entendu des cris fourds &
plaintifs ; cette malheureufe fut arrêtée ,
& ayant été convaincue , elle fut pendue
dans la place Maubert , après quoi brûlée,
& fes cendres jetées au vent , afin , fans
doute, qu'il ne reftât rien d'une auffi méchante femme.

Un mari bien moins coupable , mais
peu attaché à fa moitié , la vit fans chagrin partir pour l'autre monde , & voulut
goûter le plaifir d'accompagner le corps
de la défunte jufqu'à fa dernière demeure.
Il eft inutile de dire qu'en chemin, il
ne répandait pas une feule larme ; il eut
même bien de la peine à en faire le fem-
blant. Lorfqu'il s'y attendait le moins , il
fut fort puni de la joie déplacée qu'il
goûtait en fecret. Sur le point de quitter
pour toujours la défunte , il s'approche
avant qu'on la couvre de terre , & tout

en jetant de l'eau bénite , il ne peut s'empêcher de dire en fouriant : — Au » moins eft-elle bien enterrée » ? A ces mots le pied lui manque , il tombe dans la fosse , & fe casse une jambe. On le retira tout disloqué. — « Hélas ! s'écria-t-il quand il eut repris fes efprits , » maudite » femme , tu m'as fait enrager pendant ta » vie : faut-il encore que tu me tourmen-» tes même après ta mort » ?

LA manie qu'ont tous les petits-maîtres, depuis quelques années, d'aller le matin en chenille, c'eft-à-dire mis en poliffon, commence à s'étendre jufqu'au refte de la journée ; car plufieurs jeunes gens du bon ton affectent maintenant de fe paffer de parure , & de ne plus mettre de bourfe à leurs cheveux : ils vont même de la forte dans des affemblées & aux Spectacles. Deux jeunes Seigneurs s'étant rencontrés à l'Opéra, l'un vêtu avec la dernière magnificence , & l'autre dans le plus grand négligé , fe raillèrent mutuellement fur le contrafte de leur équipage ; de propos en propos, ils fe lâchèrent des mots piquans, & fortirent pour mettre l'épée à la main : l'un des deux fut dangereufement bleffé.

PRESSÉ par des befoins naturels, un homme de robe, qui fe promenait dans le jardin du Luxembourg, fur les fix heures du foir, en hiver, ne crut point commettre un crime en fe plaçant dans un endroit écarté. Mais un Suiffe, qui l'apperçut pofer furtivement une fentinelle, vint tout-à-coup lui fauter au collet, lui reprocha d'avoir contrevenu aux Ordonnances, en n'ayant point été, pour deux fous, dans les cabinets d'aifance difpofés dans le jardin; & tout en lui débitant ces belles paroles, le Suiffe irraifonnable lui prit fa canne & fon chapeau, pour l'obliger à payer une amende. En vain l'homme de robe fe fit connaître, & protefta que venant rarement au Luxembourg, il ignorait les nouvelles loix qu'on y avait promulguées; il fallut qu'il fe foumît à la honte de l'amende. Mais voici le plus fingulier de l'aventure : fes confrères fe font crus compromis par la manière dont on l'avait traité; ils ont voulu intenter un procès en réparation ; mais l'affaire s'eft affoupie peu-à-peu ; le cas n'a point été relevé.

UNE Fruitière voulut mettre une robe à la Polonaife, quoique fon mari s'y op-

polât ; cet homme voyant ses représentations inutiles , entra dans une si furieuse
colère , qu'il jeta un chandelier à la tête
de sa femme , qui mourut sur le champ du
coup qu'elle reçut.

Un Marchand d'étoffes a fait imprimer
& répandre dans cette Capitale , un petit
écrit qui dit beaucoup de choses en peu de
mots , attendu qu'il fait voir combien de
certaines modes sont nuisibles au Commerce. Qu'on en juge ; le voici : « La
» mode des robes à la Polonaise , & celle
» des robes à la Lévite , dont la forme
» est si enfantine , ont fait tomber absolu-
» ment toutes nos Manufactures , où se
» fabriquaient autrefois ces belles étoffes
» qui, à la richesse de la matière , réunis-
» saient la perfection du travail , l'élégance
» & la majesté du dessin , & qui donnaient
» tant de célébrité à nos Fabriques, dans
» toutes les parties de l'univers. Si nos
» grandes Dames , si celles qui jouissent
» d'une brillante fortune , continuent à
» se livrer au goût bizarre qu'elles ont
» pour des habillemens mesquins qui sont
» aujourd'hui en vogue , c'en est fait

» pour toujours d'une branche de travail,
» qui fesait tant d'honneur à l'industrie
» Française ».

⁂

On lit l'histoire suivante dans le *Journal de Paris* : Eugénie devait la naissance à des parens respectables ; elle n'avait puisé dans leur sein que des leçons & des exemples de vertu ; aussi pouvait - elle s'applaudir de n'avoir à se reprocher qu'une excessive sensibilité. L'intérêt, les convenances donnèrent, suivant l'usage, un mari à Eugénie : il était rempli d'excellentes qualités ; une femme sensée l'eut aimé ; mais Eugénie n'avait que dix-huit ans ; & à cet âge on ne consulte que les impressions du cœur. Un fils fut le fruit de cette union, qui aurait été heureuse, sans un de ces séducteurs qui deviennent amoureux de toutes les femmes qu'ils voient, & n'ont des maitresses que pour les rendre méprisables.

Le Marquis de * * * s'introduisit dans la maison d'Eugénie ; il mit aussi - tôt tout en usage pour lui plaire & pour lui faire oublier les principes de sagesse qu'elle avait reçus. Cet homme sans mœurs ne réussit que trop dans ses odieux projets : la malheureuse Eugénie, perdit en un seul instant vingt années d'une conduite irréprochable ; elle perdit son honneur, sa propre estime, que rien ne remplace jamais. Une affaire de quelques semaines avait appellé dans une de nos Provinces méridionales le mari d'Eugénie ; cette absence est saisie avidement par le Marquis ; il engage sa criminelle amante à lui tout sacrifier, à le suivre en Angleterre. Le jour du départ est décidé. Eugénie, selon les conventions, se rend la première dans une petite ville éloignée de quelques lieues de Paris. Là, livrée à elle-même, elle éprouve mille combats, elle se reproche la démarche qu'elle va faire, elle répand un torrent de larmes ; un enfant se trouve par hasard près - d'elle, & semble déja connaître le sentiment si doux de la compassion ; il accourt vers cette infortunée, la caresse, l'embrasse, & bégaye le nom si touchant de mère. Eugénie se rappelle alors son fils. —— « O Ciel ! s'écrie-t-elle en pressant cet enfant contre son cœur, » j'ai pu me résoudre à l'aban- » donner ; malheureuse ! j'ai oublié que » j'étais mère » ! Aussi-tôt elle revole à Paris, ordonne qu'on aille lui chercher

fon fils ; elle le ferre contre fein, l'ar-
rofe de larmes, ne peut que proférer
ces paroles au milieu des fanglots: *cher
enfant, le crime étaignait en moi les fentimens de la Nature!* Le Marquis, furpris
de ce que fa proie lui était échappée,
accourt chez Eugénie, & veut fe plaindre
de fon procédé. — « Retire - toi, vil
» fcélérat, (lui dit cette femme que l'a-
mour maternel a ramené au devoir)
» retire-toi, va t'applaudir de ma hon-
» teufe faibleffe. Mais tu n'as pu arracher
» une mère à fon enfant : je lui fuis ren-
» due, à lui, à la Nature, à cette vertu
» que j'aimais tant & que j'ai tant outra-
» gée ! ne parais plus à mes yeux, laiffe-
» moi déplorer mon fatal aveuglement !
» Hélas ! tu m'as ôté mon repos pour
» toujours, & je pleurerai le refte de
» ma vie » !

Voici une femme dont l'infidélité fut
bien moins délicate, fi j'ofe m'exprimer
de la forte. Il y a plufieurs années que
deux perfonnes qui paffaient fur le Pont-
Neuf, entre onze heures & minuit, en-
tendirent la voix d'une femme qui paraiffait être dans quelque danger preffant,

mais à qui la frayeur ôtait la force de
faire entendre ſes cris bien loin. Les deux
paſſans ſe hâtèrent d'avancer dans l'obſcu-
rité , & virent , avec autant de ſurpriſe
que d'horreur, une femme qui continuait
de pouſſer des ſoupirs de frayeur plutôt
que des cris , & qui y mêlait quelques
paroles mal articulées , par leſquelles elle
demandait grace du moins pour ſa vie;
un homme de belle taille , & mis fort
proprement, s'efforçait de la pouſſer ſur
le parapet , & de la jeter dans la Seine;
mais changeant de réſolution tout-à-coup ,
& repouſſant cette femme vers le milieu
du pont : ——— « Va, lui dit - il , tu n'es
» pas digne de mourir ». Et ſautant
légèrement ſur le mur , il ſe précipita lui-
même. L'humanité porta les deux paſſans
à tâcher de ſauver l'inconnu de ſon déſeſ-
poir ; ils coururent promptement aux
bords de la rivière , & ne trouvant point
de rames dans quelques bateaux , mais
appercevant le malheureux qui ſe déba-
tait dans l'eau , comme s'il ſe fut repenti
d'avoir cherché la mort, ils ſe hâtèrent
d'entrer dans ces vaſtes machines flottantes
où l'on blanchit le linge ; parvenus de
la ſorte preſque au courant de la rivière ,
ils firent ſi bien, qu'ils en retirèrent l'in-

fortuné, qui avait perdu toute connaiffance. Ils parvinrent enfin à le rappeller
à la vie. —— « Que la raifon eft faible !
leur dit-il en pouffant un profond fou-
pir ; » & qu'elle nous fert mal dans le
» tranfport d'une violente paffion ! Si c'eft
» après avoir été témoin de ma folie
» que vous êtes venus généreufement à
» mon fecours, apprenez-moi ce qu'eft
» devenue la malheureufe qui m'a-
» vait troublé l'efprit , & qui méritait
» bien mieux que moi l'horrible fort
» auquel je me fuis expofé; je dois rougir
» du foin qui m'occuppe encore ; mais
» qu'il eft difficile de revenir tout de fuite
» d'un long égarement ! Il ne s'eft paffé
» qu'un inftant depuis l'aveugle fureur où je
» me fuis livré: vous la retrouverez peut-
» être fur le Pont-Neuf, & vous l'aiderez à
» retourner chez elle , où je renonce
» pour jamais à la voir ». L'un de fes
deux libérateurs retourna auffi-tôt au
Pont-Neuf pour le fatisfaire ; mais ce
fut inutilement qu'il chercha de tous
côtés, & qu'il éleva plufieurs fois la voix
afin de fe faire entendre. Il allait s'en
retourner , bien fâché de ne favoir aucune
nouvelle , lorfqu'un paffant , auquel il
s'adreffa , lui dit qu'une Dame , qui pa-

taiſſait s'être trouvée mal depuis peu
d'inſtans , venait de prier une eſcouade
de Guet de l'accompagner juſques chez
elle , & qu'elle avait pris le long de la
rue Dauphine ; ne doutant point que ce
ne tut celle qu'il cherchait , il retourna
à l'endroit où il avait laiſſé le malheureux
inconnu , qui , après avoir été tiré d'inquiétude ſur le ſort de la Dame , pria ſes
deux compagnons de lui déclarer natu-
rellement qui ils étaient , afin qu'il pût
juger s'ils méritaient autant leur confiance , que ſa reconnaiſſance & ſon affection. L'un lui apprit qu'il était Notaire.
L'autre avait été Intendant du feu Duc
de * * * , & vivait honnêtement de ſon
bien. L'inconnu ne balança point alors
à leur parler ſans contrainte. —— « Vous
» pouvez encore m'être utiles, leur dit-
» il, & je compte que l'importance de
» ce que j'ai à vous confier, vous fera
» une loi inviolable du ſecret ». Il
leur découvrit le nom de la Dame qui
avait cauſé toute ſon infortune; & priant
le Notaire de ſe rendre ſur le champ
chez elle, il le chargea de lui apprendre qu'il s'était ſauvé heureuſement, &
de lui repréſenter que pour ſon propre
intérêt elle devait s'impoſer un ſilence

éternel fur tout ce qui s'était paffé cette nuit. — « Dites la même chofe à fon » père ; car je m'imagine que dans le » premier trouble elle lui aura découvert » une partie de la vérité, & promettez- » leur de ma part, que s'ils font capables » de fe taire, ils n'auront jamais rien à » craindre de mon reffentiment ». Il lui défigna enfuite un cabaret peu éloigné, où il allait fe rendre avec l'Intendant, pour faire fécher fes habits, & pour fe mettre en état de retourner chez lui fans rien faire foupçonner à fa famille.

Le Notaire s'acquitta fort habilement de fa commiffion, & le rejoignit dans le lieu qu'il lui avait indiqué. L'obligeant Notaire lui raconta qu'ayant trouvé le père & la fille dans une profonde conf- ternation, le difcours qu'il leur avait tenu, avait parut les confoler beaucoup, & qu'ils avaient promis la difcrétion qu'on leur demandait. — « L'infame, » la perfide, (s'écria l'inconnu, en re- venant, fans s'en appercevoir, aux paffions qu'il avait éprouvées) » devais-je épargner » fa vie, & quelle fureur m'a fait atten- » ter à la mienne ? mais je ne dois me » venger que par le mépris. Je vous » ai trop d'obligation, reprit-il en regar-

dant ſes deux libérateurs, » pour vous
» laiſſer ignorer ce qui m'a conduit au
» précipice dont vous m'avez tiré. Ecoutez
» ma triſte & honteuſe hiſtoire. Je ſuis
» l'ainé d'une famille auſſi riche que diſ-
» tinguée ; je ſerais marié depuis long-
» tems convenablement à ma naiſſance,
» ſi la force d'une paſſion que je n'ai pu
» vaincre ne m'avait rendu inſenſible à
» tous les avantages de la fortune. Un
» monſtre, dont je ne dois plus parler
» qu'avec horreur, m'a ſéduit il y a deux
» ans ; c'eſt la fille unique d'un très-
» honnête homme, qui demeurait alors
» dans mon voiſinage ; elle rendait de
» fréquentes viſites à mes ſœurs ; & c'eſt
» ce qui me procurait l'occaſion de la
» voir. A peine avait-elle atteint ſa ſei-
» zième année. Je ne pus lui cacher mes
» ſentimens : elle ne me déſeſpéra point
» par ſa réponſe ; mais ſoit qu'elle eût
» alors le cœur plus vertueux, ſoit qu'elle
» fût déjà aſſez ruſée pour chercher à
» tirer parti de ma faibleſſe, elle ceſſa
» de voir mes ſœurs, & parut ſe faire
» une étude de m'éviter. J'employai
» tant de ſoins pour la rejoindre, que
» l'ayant rencontrée à la promenade, je
» lui fis des plaintes amères de ſon ab-
ſence

» fence affectée. Si j'étais enchanté de fa
» figure, je le fus encore plus de fon
» caractère, lorfqu'elle m'avoua qu'elle
» fe fentait de l'inclination pour moi ; mais
» qu'afin de la combattre, à caufe de
» l'inégalité de nos rangs & de nos for-
» tunes, elle prenait le parti de nous épar-
» gner à tous deux des peines inutiles.
» Je lui aurais tout facrifié dès ce mo-
» ment, & je lui fis connaître fans dé-
» tour que ce n'était point un cœur tel
» que le mien, qui pouvait être arrêté par
» de pareils obftacles. Elle ne fe rendit
» point à mes inftances. Je paffai plufieurs
» femaines à chercher de nouvelles oc-
» cafions de la voir ; défefpéré de lui
» trouver tant de conftance à me les re-
» fufer, je tentai plufieurs fois de m'in-
» troduire dans fa maifon, quoiqu'on me
» dît toujours qu'elle n'y était point. Mes
» follicitations devenues inutiles, je pris
» le parti de m'adreffer directement à fon
» père. Je lui peignis tendrement la rigueur
» dont il ufait envers moi, en empêchant
» fans doute Mademoifelle fa fille d'être
» favorable à mes fentimens & à la fa-
» geffe de mes vues. Je lui fis obferver
» que j'avais prefque trente ans, que
» j'étais d'un âge où l'on pouvait faire

I Part.   D

» quelque fond fur mon caractère & fur
» mes promeff:s ; & qu'ainfi, mon atta-
» chement pour fa fille n'avait rien de
» condamnable, d'autant plus que j'étais
» prêt à lui donner ma parole de l'époufer.
» Ce difcours, auquel je prêtai toute la
» force que l'amour eft capable d'infpirer,
» fit plus d'impreffion que je n'avais ofé
» m'en promettre. Les objections du
» vieillard fe réduifirent à la crainte d'of-
» fenfer mon père, & de s'attirer le ref-
» fentiment d'un homme dont il connaif-
» fait également l'humeur violente & le
» crédit. Mais je lui perfuadai aifément
» que j'étais libre à mon âge, d'époufer
» une fille dont la vertu réparait affez la
» fortune. J'ajoutai que fi j'avais quelques
» ménagemens à garder, vis-à-vis de mon
» père, il était facile de lui cacher ma
» paffion & les engagemens que je vou-
» lais prendre, qui n'en feraient pas moins
» refpectables & facrés, quoique dérobés
» à la connaiffance du Public. Un lan-
» gage fi franc & fi fincère me fit obte-
» nir le confentement du père de ma
» maitreffe. Il y mit feulement deux con-
» ditions ; l'une, que pour lever tous fes
» doutes, je commencerais par époufer
» fa fille ; l'autre, que je renoncerais pen-

» dant deux ans aux droits du mariage,
» à caufe de l'extrême délicateffe de la
» jeune perfonne. Mes fentimens étaient
» fi purs & fi vifs, que, fans me plain-
» dre du long obftacle qu'il oppofait à
» mes défirs, je me crus trop heureux de
» ce que j'obtenais. Je m'engageai fur
» le champ à l'exécution de ces deux
» articles, & j'en fis auffi tôt le ferment
» aux pieds de fa fille, qui parut auffi
» fatisfaire que je l'étais d'un événement
» fi peu efpéré. Nous convînmes que pour
» faciliter mes vifites, & pour que ma
» famille ignorât abfolument mes démar-
» ches, mon époufe & mon beau- père
» futurs fe logeraient dans un autre quartier.
» Je me chargeai du foin de leur cher-
» cher une maifon commode. Je fis meu-
» bler l'appartement de la jeune perfon-
» ne, avec autant de magnificence que
» de goût. Le jour qu'elle y entra fut
» choifi pour la célébration de notre
» mariage. En évitant les cérémonies
» éclatantes, j'eus foin que la décence
» fût obfervée, & qu'il ne manquât rien
» d'effentiel à des liens qui devaient faire
» toute la douceur de ma vie. Depuis
» deux ans que j'ai formé cette malheu-
» reufe chaîne, je ne me fuis rien per-

D 2

» mis qui ait bleſſé mes promeſſes. Trop
» content de la liberté que j'avais à tou
» momens de voir une femme que j'ado-
» rais , & d'obſerver avec ſoin le déve-
» loppement de ſes charmes , j'attendais
» ſans impatience le terme auquel je m'é-
» tais aſſujetti. J'employais toute mon
» étude à lui inſpirer du goût pour moi,
» par la douceur de mes manières , &
» par les témoignages continuels de ma
» tendreſſe. Je m'appliquais auſſi à lui
» former le goût & l'eſprit. Croyant m'ap-
» percevoir chaque jour qu'elle profitait
» de mes ſoins, je n'en devenais que plus
» idolâtre de mon ouvrage. J'ai paſſé deux
» années entières dans cet enchantement,
» dédaignant le monde , les plaiſirs de
» mon âge , le commerce même de mes
» amis , enfin, ne penſant qu'à fuir tout
» ce qui pouvait me détourner d'une mai-
» ſon où je trouvais tous les biens réunis.
» Mon père qui s'eſt apperçu du chan-
» gement de ma conduite , m'a preſſé
» mille fois de lui expliquer un miſtère
» qui lui cauſait de vives alarmes ; il s'eſt
» même défié que l'amour m'avait engagé
» dans quelque démarche téméraire ; mais
» ſes ſoupçons n'ayant fait qu'augmenter
» ma vigilance, j'ai toujours réuſſi fort

» heureusement à tromper la sienne. En-
» fin, voyant approcher le terme de mon
» bonheur , j'en parlai à mon beau-père ,
» je lui fis souvenir qu'il était tems de
» me céder des droits que j'avais bien
» mérités. Ma jeune épouse n'était point
» présente à ce discours: l'opinion que j'avais
» de son innocence m'aurait fait appré-
» hender de le tenir devant elle. Le bon
» vieillard me permit de devenir heu-
» reux, & proposa de célébrer la conclu-
» sion de mon mariage, par une fête à
» laquelle je consentis qu'il invitât quel-
» ques-uns de ses plus proches parens, que
» je n'avais aucune répugnance à faire
» entrer dans notre secret. J'ordonnai les
» préparatifs d'un grand souper qui de-
» vait se faire demain ; & m'étant avisé
» de feindre chez mon père que je partais
» le matin, pour aller passer huit jours à
» la maison de campagne d'un ami, je
» me promettais de les employer avec
» bien plus de douceur. J'allai cet après-
» midi , & avec encore plus d'empres-
» sement qu'à l'ordinaire , chez mon in-
» nocente & modeste maitresse ; je ne la
» trouvai point au logis ; son père me dit
» qu'elle lui avait demandé la permission
» d'aller au Palais, pour s'y donner quel-

» ques bijoux; qu'elle était fortie dans une
» voiture de place, fuivie de fon laquais;
» & que devant fouper chez une de fes
» tantes, elle ne pouvait être de retour
» que fur les onze heures. L'impatience
» de la voir, & l'envie de lui acheter moi-
» même tout ce qui pouvait lui plaire,
» me conduifit fur le champ au Palais,
» où je paffai inutilement deux heures à
» la chercher. N'éprouvant d'autre cha-
» grin que celui de n'avoir point été affez
» heureux pour la rencontrer, je retour-
» nai chez fon père, avec qui je foupai
» tête-à-tête. A l'iffue de ce repas, je
» formai le deffein d'aller au-devant du
» vertueux objet de ma tendreffe ; le
» père approuva mon idée; & m'étant fait
» indiquer le lieu où elle était, j'eus la
» patience de demeurer feul plus de
» demi-heure dans la rue, parce que
» j'avais renvoyé chez moi mon laquais,
» afin de colorer mon abfence par quel-
» que excufe, & ne voulant point pa-
» raître aux yeux de mon époufe avant
» qu'elle eût quitté fa tante, parce que
» je penfais toujours à ménager fa mo-
» deftie. Elle fortit enfin ; fon laquais lui
» avait amené une chaife à porteurs, qui
» fe mit en marche auffi-tôt. J'étais à vingt

» pas de-là pour l'attendre au paffage, &
» j'avais déja la bouche ouverte pour
» parler aux porteurs lorfque je les vis
» s'arrêter d'eux-mêmes. C'était le laquais
» qui leur en donnait l'ordre. Il était de
» l'autre côté de la chaife , & s'adreffant
» à fa maitreffe , j'entendis qu'il la priait
» inftamment de retourner fur le quai des
» Orfevres ; il l'affurait qu'il n'était pas
» tard , & qu'elle pouvait encore difpofer
» d'une heure ; après quelques difficultés
» & quelques marques de crainte, elle y
» confentit : les porteurs prirent le che-
» min que le laquais leur marqua. Quoi-
» qu'il ne me tombât aucun foupçon
» dans l'efprit, la curiofité me fuffifait
» feule pour me porter à la fuivre. Ce-
» pendant, me difai-je en moi-même,
» quelle affaire peut l'appeller à onze
» heures de nuit fur le quai des Orfevres?
» Tout en me parlant ainfi, je me ran-
» geai foigneufement contre une porte,
» pour laiffer paffer la chaife, & mar-
» chant à quelque diftance , j'arrivai fur
» le quai en même tems que les porteurs,
» qui s'arrêtèrent à la porte qu'on leur
» montra. Le laquais introduifit fa mai-
» treffe dans la maifon , & leur donna
» ordre de l'attendre. Sans trop démêler

» le motif qui m'y pouſſait , je ne ba-
» lançai point à m'avancer dès que je
» l'eus vue diſparaître ; je m'enfonçai dans
» une allée obſcure qui me conduiſit au
» pied d'un eſcalier. Guidé par le bruit
» de ceux qui me précédaient , je mon-
» tai avec une vive inquiétude. Ils ſe
» firent ouvrir la porte du ſecond étage ,
» & la fermèrent auſſi - tôt ſur eux. J'y
» prétai curieuſement l'oreille pendant
» quelques minutes ; la défiance commen-
» çant à s'emparer de mon cœur , je fus
» plus alarmé du ſilence qui régnait
» autour de moi , que je ne l'aurais été
» de toute autre explication de mon ſort.
» Ne pouvant plus modérer les mouve-
» mens qui m'agitaient , mais voulant
» garder encore quelques meſures , je
» frappai fort doucement , & je parlai de
» même à une petite ſervante qui vint
» ouvrir. Je lui demandai ſi Mademoi-
» ſelle * * * était-là pour long-tems ; elle
» me répondit qu'elle l'ignorait , mais que
» ſa maitreſſe n'était point accoutumée à
» ſouffrir ſi tard les demoiſelles dans ſa
» maiſon. Ce diſcours me fit frémir. Quel-
» ques mots d'explication que j'eus la
» force de demander avec la même dou-
» ceur , ayant achevé de m'apprendre dans

» quel funeſte lieu j'étais, peu s'en fallut
» que ma fureur n'éclatât d'abord par des
» cris & par toutes les violences où cette
» affreuſe aventure était capable de me
» porter. Cependant, un reſte d'eſpérance
» combattant encore mes mouvemens,
» je demandai pour unique grace à la ſer-
» vante, de me faire entrer ſans bruit dans
» l'antichambre où elle avait eu ordre de
» demeurer. Un louis, que je lui préſen-
» tai, la diſpoſa tout d'un coup à me ſer-
» vir ; ne ſe doutant nullement du motif
» qui m'amenait, elle me fit diverſes
» objeƈtions que je laiſſai ſans réponſe ;
» je me contentai de la prier ſeulement
» de me dire où la demoiſelle s'était re-
» tirée; elle ne ſe fit pas preſſer pour me
» montrer la porte d'un cabinet qui don-
» nait dans l'antichambre. Vous raconte-
» rai-je toute ma honte ? Je m'approchai
» de cette porte , & l'imprudente ſécurité
» avec laquelle on s'entretenait dans le
» cabinet m'épargna la peine de me gêner
» pour entendre. Je devins bientôt le
» ſujet de la converſation : le plus vil
» des hommes s'applaudit de m'avoir cou-
» vert d'opprobre, & ſe félicita d'avoir ob-
» tenu ce qu'il ſe plaignait qu'on lui avait
» refuſé trop long-tems. En un mot , je

D 5

» compris par leurs difcours, qu'après
» s'être arrêtés pendant plus de dix-huit
» mois à de certaines bornes que la
» crainte leur avait impofées, ils avaient
» choifi ce jour-là pour fe dédommager
» d'une fi longue contrainte, & qu'on ne
» me réfervait que les reftes de ce qu'on
» venait de prodiguer au plus méprifable
» amour : jugez de ma fureur. J'aurais
» poignardé fur le champ ces deux infames;
» mais une porte épaiffe & bien fermée
» les garantiffant contre mon premier
» tranfport, je pris le parti de defcendre
» & de remettre leur châtiment lorfqu'ils
» feraient dans la rue : l'heure, le lieu,
» tout m'affurait d'une pleine vengeance.
» Je quittai la fervante, fous prétexte
» qu'il était trop tard pour m'arrêter plus
» long-tems. Ayant retrouvé les porteurs
» qui attendaient impatiemment à la porte,
» je me hâtai de les payer, & je les preffai
» de fe retirer. La nuit n'était pas fi obf-
» cure qu'elle pût me dérober mes vic-
» times. Je me plaçai à quelques pas de
» l'allée, & chaque moment que je paffai
» à les attendre ne fit que redoubler ma
» rage. Je les entendis s'avancer ; leur
» approche me caufa une joie cruelle.
» J'aurais fouhaité de pouvoir les percer

» du même coup. Mais au-lieu de les
» voir paraître enfemble, je ne vis que
» mon indigne rival, qui tournait la tête
» de côté & d'autre pour chercher les
» porteurs. J'aurais pu fondre fur lui &
» lui arracher la vie par mille bleffures;
» la crainte que fa compagne n'eût le
» tems de m'échapper, était la feule
» raifon qui m'arrêtât, lorfque ce mifé-
» rable m'ayant apperçu, prit tout d'un
» coup la fuite avec tant de vîteffe, que
» je défefpérai de l'atteindre. Je m'en
» plaignis amèrement au Ciel, en l'ac-
» cufant d'injuftice ; & ne gardant plus
» de mefures, je me précipitai vers la
» porte, pour affurer du moins la prin-
» cipale partie de ma vengeance. Mon
» infame, qui me prit fans doute pour
» fon amant, fe trouva fur le feuil
» à ma rencontre. Je la faifis avec
» un tranfport inexprimable, & la me-
» naçant de la poignarder fi elle jetait le
» moindre cri, je la traînai vers les de-
» grés du parapet où je crus trouver
» plus de facilité à monter. J'avais pris
» fur le champ la réfolution de la noyer.
» Son premier effroi & la violence de
» mon action l'empêchèrent d'abord de
» me reconnaître ; mais n'ayant pu long-

» tems se méprendre, elle s'évanouit dans
» mes bras. Loin d'en être attendri, je
» sentis redoubler ma fureur par la dif-
» ficulté de la faire avancer en cet état.
» Les efforts que je fis pour la porter,
» lui rappellèrent bientôt la connaissance ;
» & s'appercevant du dessein que j'avais
» formé, elle poussa quelques cris, qui
» ne pouvaient être bien éclatans dans
» la faiblesse & le trouble où elle était,
» & me retenant avec force, elle tâchait
» d'éviter la mort que je lui destinais. Ce
» fut dans ce moment que je crus en-
» tendre quelqu'un qui s'avançait sur le
» pont ; elle l'entendit comme moi, &
» l'espérance d'être secourue redoubla sa
» résistance. Je conçus, en effet, qu'il
» m'allait être impossible de me venger ;
» le désespoir s'empara de mon cœur, &
» ne doutant pas qu'avec la rage de me
» voir enlever ma proie, je n'eusse la
» confusion d'être reconnu, & dès le
» jour suivant celle d'entendre publier mon
» aventure dans tous les quartiers de
» Paris, je pris la funeste résolution de
» me précipiter moi-même ».

Voici une femme qui fans doute était douée d'un mérite particulier, puifqu'ayant jugé à propos de quitter fon ménage & le lieu de fa naiffance, fon mari fit inférer l'avis fuivant, dans quelques papiers publics :

« Femme perdue. Une femme âgée » d'environ trente-trois ans, du lieu de » Gardane, en Provence, nommée *Anne* » *Bernard*, époufe de *François Amalbert*, » en eft partie à onze heures du foir, le » 19 Juillet 1779 ; & depuis, fon mari » n'en a plus eu de nouvelles, quelques » recherches qu'il ait faites pour favoir » ce qu'elle eft devenue. Voici le figna-» lement qu'il en donne : cette femme eft » grande & extrêmement maigre ; elle a » le vifage long, de grands yeux bleus, » le nez aquilin & long, la bouche petite » & le teint blanc. Ceux qui l'auront » trouvée ou qui pourront en donner des » nouvelles, s'adrefferont au Bureau des » *Affiches* de la ville d'Aix ».

Cette Capitale a vu un pareil exemple d'attachement matrimonial. La femme d'un particulier ayant difparu, fans qu'il

pût en favoir des nouvelles, il s'avifa de
la faire tambouriner & afficher comme
un effet perdu.

UNE femme de condition, âgée d'environ cinquante ans, & qui employait
tous fes foins pour cacher fon âge, difait un jour que fon fils n'avait du goût
que pour les vieilles femmes, qu'il ne
trouvait aimables que celles - là. Quelqu'un lui répondit : — « Madame, il n'a
» pas befoin de fortir de chez vous ».

LA Baronne de *** aimait éperdu-
ment le Chevalier de ***, l'un des plus
beaux hommes de la Cour, & qui, à
toutes fes brillantes qualités, joignait
encore le mérite dangereux d'être coufin
de la belle perfonne dont il avait fait
la conquête. Madame de *** était certaine d'être adorée, & tout l'affurait de
la difcrétion du Chevalier. Mais elle ne
pouvait fe réfoudre à être la femme d'un
homme devant qui elle aurait à rougir.
« Perfonne n'en faurait rien, fe difait-
» elle fouvent tout bas ; mais moi, mais
» mon amant, nous le faurions ». Cette

délicatesse si extraordinaire l'empêcha de succomber, malgré la vivacité de sa passion. Pressée par le Chevalier, de couronner le plus tendre amour, elle lui avoua, les larmes aux yeux, qu'il lui était impossible de déshonorer un homme avec qui elle devait passer sa vie; qu'en un mot, il lui paraîtrait affreux d'être la femme d'un homme qu'on pourrait qualifier de l'injurieuse & commune épithète de C... Ce bizarre orgueil fut plus fort que le devoir, la sagesse; le Chevalier eut beau dire, il lui fallut toujours se contenter du titre d'ami.

UN Ecrivain public, dont la loge était à la Place Royale, adressa la lettre suivante aux Rédacteurs du *Journal de Paris.*
« Il y a d'étonnantes révolutions dans la
» vie : quand je me suis fait recevoir
» Avocat au Parlement à l'âge de vingt-
» cinq ans, je ne prévoyais point qu'à l'âge
» de quarante-cinq où je suis parvenu,
» je m'établirais dans la loge d'un Ecri-
» vain public, pour y finir vraisembla-
» blement ma carrière. Après avoir vécu
» dans l'aisance en Province jusqu'à l'âge
» de quarante ans, j'ai été depuis cinq

» années singulièrement baloté par la
» fortune, tant en France que dans les
» pays étrangers. Tantôt elle me plonge
» dans le malheur, tantôt elle me pré-
» sente les reffources les plus avantageu-
» fes. Je ne fais ce que la deftinée me
» prépare dans l'emploi d'Ecrivain public;
» mais je m'y livre avec affection, & je
» fuis fi peu humilié de l'exercer, que
» je me hâte de le publier par la voie
» de votre Journal. L'Ecrivain public eft,
» en quelque forte, l'Avocat du peuple;
» c'eft-a-dire, de la partie de la Nation
» le plus nombreufe, la plus utile & la
» plus négligée: fe dévouer donc à fon
» fervice, paraît être de tous les emplois
» le plus honorable; toutes les circonf-
» tances qui environnent cette partie fi
» précieufe de la Nation, femblent con-
» courir à l'opprimer; elle eft malheu-
» reufe même dans fes défenfeurs: com-
» bien de placets ne font point lus pour
» être mal rédigés! Je me bornerai à faire
» des lettres & des placets, & je les ferai
» *gratis* pour ceux qui ne feront point
» en état de me payer. Infortuné moi-
» même, je me confolerai de mes mal-
» heurs, en me rendant utile aux infor-
» tunés; ils pourront même venir me

» trouver, fans autres motifs que le befoin
» d'épancher leurs peines , & j'aurai peut-
» être le bonheur de leur faire imaginer
» des reffources qui pourront les tirer
» de l'indigence ».

M. de Longueville , auteur de cette
lettre, en a fucceffivement publié un grand
nombre qui ont formé plufieurs petites
brochures , où l'on a remarqué beaucoup
d'efprit & de naturel , avec des idées fort
fingulières. Il y propofe d'inftituer dans
des loges , des *Officiers de morale*, auxquels chacun raconterait fes affaires , &
qui donneraient d'excellens confeils. Dans
une autre lettre, il voudrait que les Au-
teurs joigniffent à la Littérature un métier
lucratif. « S'il plaifait, dit-il, à M. Rouffeau
» de Genève (1) de tenir un Hôtel-garni ,
» & je fuis bien fûr que cette fuppofition
» ne l'offenfera pas, l'Europe viendrait
» fucceffivement à Paris pour loger chez
» lui...... Un Poëte pourrait époufer
» une Marchande de Modes qui excelle-
» rait dans l'art de la parure , & qui
» tiendrait l'une des brillantes boutiques

(1) Les Lettres & la Philofophie n'avaient
point encore perdu ce Génie , d'un caractère
unique , & qui fera célèbre à jamais.

» de la rue Saint-Honoré..... Un com-
» pilateur se ferait Fripier»..... La pro-
profession indiquée aux Philosophes sur-
prendra autant qu'elle divertira les Lecteurs. « J'ai remarqué que les Chandeliers
» sont presque toujours les bras croisés
» dans leurs boutiques ; & cette vie con-
» templative me paraît précisément celle
» que doit mener un homme qui écrit
» sur la morale. Ainsi, un Philosophe sans
» fortune pourrait se faire marchand de
» chandelles ; il arriverait même quelque-
» fois que ses chandelles éclaireraient
» encore plus que ses écrits ».

M. de Longueville alla s'établir sous
une des voûtes du Palais Royal ; & l'on
se doute que son déménagement fut bientot
fait. Les missives qu'il publia dans ce
nouveau quartier furent encore marquées
au coin de la singularité. Il y fait tour-
à-tour paraître sur la scène un homme
camus, qui veut mettre un impôt sur les
nez. Une femme de Spectacles qui vient
prier M. de Longueville de mettre de
l'esprit & point d'orthographe dans une
lettre qu'elle veut envoyer à son amant.
Il y publie ensuite l'action généreuse d'une
Actrice célèbre, qui prête à un Officier
une somme plus forte d'un tiers que celle

dont il avait befoin, & qui, par-deffus le marché, lui chante une petite chanfon.

Cet Ecrivain public d'une nouvelle efpèce, & plus eftimable que tous fes confrères, a tracé, en dix-huit lettres, le portrait de Jean-Jacques Rouffeau, & l'analife de tous les ouvrages de cet homme immortel. M. de Longueville a rencontré un ignorant, fe croyant très-inftruit, qui, en parlant de *l'Emile* de Rouffeau, difait *l'Hiftoire de Paul Emile.* M. de Longueville parle du dédain de ceux qui répètent fans ceffe que Jean-Jacques ne plaît qu'aux jeunes gens & aux femmes : il prétend que c'eft réunir les fuffrages de la partie du genre humain la plus fenfible, la plus nombreufe, la plus judicieufe & la plus aimable. « J'ai » toujours été perfuadé, ajoute-t-il, » qu'un ouvrage d'imagination eft beau- » coup mieux jugé par des chapeaux de » rofes que par des bonnets quarrés ». Sur ce que Rouffeau, en parlant dans fon *Emile* de l'écriture ou de l'art de former des caractères, dit qu'il a honte de s'amufer à ces niaiferies dans un traité de l'Education: —— « Voilà, s'écrie notre Ecrivain public, » de ces traits auxquels on ne s'attend » pas, & qui donnent un plaifir convulfif!

» Quand on a lu cela , il faut fermer le li-
» vre , & faire deux fauts dans fa chambre ».

A propos d'une faute dont Rouſſeau
s'eſt, dit-on, rendu coupable pour obtenir
les faveurs d'une femme dont il était
éperdu , le panégiriſte croit devoir obſerver deux choſes : — « 1°. Pour que je
» la croye, il faut qu'on me démontre
» qu'elle eſt certaine. 2°. Quand on m'aura
» prouvé qu'elle eſt vraie , je féliciterai
» cet homme immortel, ſi le délire de
» l'amour ne lui a fait commettre qu'une
» ſeule faute, dans tout le cours de ſa
» vie ».

La brochure eſt terminée par une lettre ,
où l'Auteur explique pourquoi il a inter-
rompu ces *Feuilles joyeuſes*. — « Pour
» obtenir une tête digne d'écrire, il faut
» un concours de circonſtances avanta-
» geuſes, qui, dans ma ſituation, ſont
» très-difficiles à raſſembler. On ne jouit
» de toutes les facultés de l'ame que quand
» le phiſique eſt amplement ſatisfait.
» Pour y pourvoir, il faut de l'argent ;
» & quand ce phiſique eſt étendu ,
» il faut beaucoup d'argent. Moi , par
» exemple, je ne reſſemble pas aux au-
» tres beaux-eſprits, qui paraiſſent ne ſe
» nourrir que du parfum des fleurs de

» l'Hélicon ; je fuis un des plus prodigieux
» mangeurs du Royaume; c'eft en dévorant
» les flancs d'un vafte aloyau que j'ob-
» tiens le feu, l'énergie, la délicateffe,
» la fécondité de l'efprit. Dans ma petite
» loge, où j'ai tout le loifir de rêver,
» j'ai fouvent penfé qu'il devrait y avoir
» un Edit qui ordonnât que les beaux-
» efprits qui auraient donné quelques mar-
» ques de talent fuffent logés, alimentés,
» chauffés, vétus & *réjouis gratis* dans
» toute l'étendue du Royaume ». ——
Voyons maintenant M. de Longueville
prendre un ton plus férieux. Il a fait lui-
même l'extrait de fes brochures dans le
Mercure de France ; & il dit à ce fujet :
—— « Comme tout paraît extraordinaire
» dans ma conduite, une fingularité de
» plus fera d'une très-petite conféquence :
» je fuis le libraire de mes Feuilles, pour-
» quoi n'en ferai-je pas le journalifte »?

Notre Ecrivain public raconte rapidement quelques - unes des époques de
fa vie. —— « Un père refpectable & qui
» était le meilleur des humains, m'a fixé
» en Province jufqu'à l'âge de quarante
» ans ; ma tête exaltée ne m'a point per-
» mis de faire ce que mon père exigeait ;
» & je n'ai point fait non plus ce qu'exi-

» geait ma tête exaltée; de-là font venus
» les malheurs qui m'ont conduit à être
» Ecrivain public..... Ce parti très-ex-
» traordinaire, que je me fuis vu forcé
» de prendre après avoir été reçu Avocat
» au Parlement de Paris, a donné lieu
» de croire que j'étais dominé par un
» efprit d'indépendance ; la vérité eft que
» dans l'excès de l'infortune, on n'a pas
» le choix des reffources.... Je ne fuis
» point marié ; je n'ai dans Paris ni fo-
» ciété, ni famille.... J'y manquais du
» néceffaire. Une fociété refpectable &
» généreufe eft venue à mon fecours; la
» Vertu m'a ordonné de recevoir des bien-
» faits qui m'étaient préfentés par la vertu;
» & j'aurais été le plus vil des mortels,
» fi j'euffe éprouvé dans le filence des
» procédés auffi généreux.... Je ne
» réfide plus au Palais Royal, & ce n'eft
» point par inconftance que je l'ai quitté ;
» de nouvelles rigueurs de la fortune
» m'ont forcé d'abandonner la boutique
» que j'y occupais. Cet événement qui,
» au premier coup-d'œil, a paru mettre
» le comble à mes malheurs, les terminera
» peut-être de la manière la plus avan-
» tageufe ».

Voilà tout ce qui eft parvenu à notre

connaissance , concernant l'Ecrivain public ; s'il lui arrive encore quelques aventures , & que nous puissions en être informés , nous ne manquerons pas de les insérer dans la suite de cet Ouvrage.

JE vais maintenant faire mention de l'Ecrivain de toutes les Nations , & qui le fera vraisemblablement pour tous les siècles. Cette Capitale a eu le bonheur de revoir l'un des plus grands hommes qu'elle ait produits , c'est-à-dire le célèbre Voltaire , qui vint s'y montrer après une absence au moins de trente années , & lorsqu'il était plus qu'octogénaire. Lorsqu'il arriva à Paris , les commis aux barrières ne manquèrent pas , selon l'usage , de lui demander s'il n'avait rien contre les Ordonnances : — « Il n'y a dans ma chaise, » leur répondit-il , que moi de contre- » bande ».

Ce Génie immortel fit représenter , au même âge que Sophocle , sa tragédie *d'Irène* , où l'on trouva presque tout le feu de la jeunesse. Comme il assistait à l'une des représentations de cette Pièce , dans une loge auprès du Théâtre , le sieur Brisart ,

Comédien très-eſtimable, lui mit une couronne de lauriers ſur la tête, au bruit des applaudiſſemens du parterre & des loges. Mais l'envie, ou plutot la ſtupidité, incapable d'applaudir à cet hommage, vomit ces deux vers placés au bas d'une eſtampe, & que je ne cite ici que parce qu'ils pourront amuſer par leur ridicule ; on y fait alluſion à la couronne :

> Il eſt beau de la recevoir,
> Quand c'eſt Arlequin qui la donne.

La difficulté d'avoir des billets pour voir *Irène*, à cauſe de l'affluence des ſpectateurs, fit naître à un Abbé l'idée d'écrire cette lettre plaiſante à M. de Voltaire :

« Au Reſtaurateur de la ſcène françaiſe; » ſalut. VOLTAIRE, je ſuis d'une complexion ſi délicate, qu'il y a gros à parier » que ſi demain je me préſente pour avoir » un billet aux Français, mon ame à l'inſ-» tant s'échappera de la foule : ſi vous avez » la bonté de m'en envoyer un, je crains » de mourir de plaiſir.... Avouez que » je ſuis un être bien difficile à contenter. » A ce début vous me prenez au moins » pour un original ; vous vous trompez, » je

» je suis un jeune Abbé qu'on voit tous les
» matins au temple de Thémis ; le soir
» j'ai tabouret chez les Muses. Je vous ai
» chanté plus d'une fois ; souvent j'ai été
» tenté de vous adresser mes accords, tou-
» jours j'ai résisté, & j'ai bien fait : l'air
» de Ferney aurait sûrement été trop vif
» pour mon Pégase. L'homme du monde
» le plus ami de la paix est quelquefois
» obligé de soutenir ses droits : si cela
» vous arrive, ne cherchez point d'autre
» Avocat ; je me charge de votre cause,
» & ne veux pour toute pièce dans mon
» sac que votre nom. Adieu, mon Maître:
» puissai-je vivre autant que vous ! puis-
» siez vous vivre encore aussi long-tems
» que moi ! je n'ai que vingt-cinq ans ».

Signé, l'Abbé * * *, Avocat au Parl.

VOLTAIRE étant tombé malade
quelques mois après son arrivée dans cette
Capitale, M. l'abbé Gauthier, Chapelain
des Incurables, rempli d'un zèle aposto-
lique, vint s'offrir pour être son confesseur,
& sut l'engager à pratiquer cet acte de
religion. Comme il n'est rien que la m

I. Part. E

gnité ne cherche à tourner en ridicule, elle répandit, à ce sujet, l'épigramme que voici :

Voltaire & Lattaignant, *couple d'humeur gentille,*
Au même confesseur ont fait le même aveu :
En ce cas il importe peu
Que ce soit à Gauthier, que ce soit à Garguille.
Gauthier pourtant me paraît bien trouvé :
L'honneur de deux cures semblables
A bon droit était réservé
Au Chapelain des Incurables.

LORSQUE Voltaire parut en public pour la première fois, après son arrivée ici, il avait un habit rouge doublé d'hermine, une grande perruque noire, à la Louis XIV, sans poudre, & dans laquelle sa figure amaigrie était tellement enterrée, qu'on ne découvrait que ses deux yeux, brillans comme des escarboucles ; sa tête était surmontée d'un bonnet quarré rouge, & il avait à la main une petite canne à bec de corbin : cet acoûtrement singulier étonna beaucoup le peuple de Paris.

UNE Dame d'un certain âge & un peu
coquette se trouvant avec Voltaire, voulut
éprouver le pouvoir de ses charmes ;
comme il lui débitait des choses galantes,
en jetant quelques regards sur sa gorge
qu'elle avait fort découverte : « comment,
» s'écria - t - elle en minaudant, est - ce
» que vous songeriez encore à ces petits
» coquins-là ? — Petits coquins ! (reprit
» avec vivacité le malin vieillard) Madame,
» ce sont bien de grands pendards ».

Si ce grand homme n'avait pas pris
une dose trop forte d'opium, la Littérature n'aurait point eu de si-tôt sa perte à
déplorer. Toutes les Académies de l'Europe prononcèrent solemnellement son
éloge. Le Roi de Prusse composa lui-
même celui qu'il récita dans l'Académie
de Berlin. Je n'en rapporterai que cette
anecdote : —— « Voltaire, dit le Monarque,
» fit un usage immodéré du café ; lors-
» qu'il revint à Paris, cinquante tasses par
» jour lui suffisaient à peine ».

Après la mort de cet homme univer-
sel, le bruit se répandit que le Marquis
de Villette avait renfermé le cœur de

Voltaire dans un vaſe d'or, ſur lequel eſt gravé ce vers :

Son cœur eſt en ces lieux, ſon eſprit eſt par-tout.

Sans conſidérer tout le bien qu'il a fait à un grand nombre d'infortunés, quelqu'un obſerva que le cœur de Voltaire ne valait pas ſon eſprit (1).

M. de la Harpe ayant cru pouvoir ſe permettre de dire, dans le *Mercure de France*, avec une noble impartialité, que la tragédie de *Zulime*, Pièce très-faible de Voltaire, ne valait pas le *Bajazet* de Racine, on lui fit un crime de cette franchiſe, de cette critique impartiale ; on alla juſqu'à lui reprocher d'avoir outragé la mémoire de ſon bienfaiteur, & l'on crut que les Comédiens Français n'avaient pas donné par haſard, après la première

_____

(1) Dans la crainte de me répéter, je renvoie aux traits que j'ai rapportés ſur Voltaire, dans le troiſième volume des *Anecdotes du règne de Louis XVI*, qui ſe trouve chez M. Gueffier Imprimeur-Libraire.

repréfentation de fes *Barmécides*, la farce
intitulée, *Crifpin rival de fon Maître.*

TANDIS qu'il eft queftion de Spectacle, je vais parler de ceux qui eurent
lieu gratuitement, au fujet des couches
de la Reine, événement qui remplit de
joie toute la Nation, parce qu'il lui
préfage la naiffance d'un Dauphin.

Lorfque l'Opéra donna *gratis* l'un des
chef-d'œuvres de ce Théâtre, intitulé
Caftor & Pollux, un charbonnier arriva à la
porte dans une charrette à charbon ; avant
d'en defcendre, il voulut finger quelques-
uns de nos Seigneurs ; il tira fa montre,
& s'adreffa au favoyard craffeux qui lui
fervait de cocher: « Revenez à fix heures,
» lui dit-il, & vous me ramènerez chez ma
» petite ravaudeufe ».

Lorfque Nicolet donna fa repréfentation
gratis, il eut l'attention fingulière d'envoyer plufieurs carroffes de place, chercher les charbonniers fur le port Saint-
Paul & en d'autres endroits. A la fin
du Spectacle, il danfa un menuet avec
une poiffarde, qui, lui frappant fur le
gouffet, s'écria: « Eh ben, luron, ne
» boirons-je-ti pas à la fanté de ce bon

E 3

» Roi » ? — Nicolet lui donna douze francs.

On a dit que le sieur Audinot, poussa l'attention jusqu'à régaler de biscuits & de vin de Bourgogne, les Poissardes qui dansèrent sur son Théâtre. Un peu avant la première petite Pièce, comme le souffleur se préparait à se mettre dans son trou, & fesant effort pour lever la trappe, vint tout-a-coup à montrer sa tête, une jeune poissarde, qui sans doute n'avait point encore été au Spectacle, s'écria, toute étonnée de cette apparition : — « Regardez donc ce chien-là, qui fait un » trou au Théâtre pour trouver une place».

Le jour qu'on distribuait au peuple du pain, des cervelats, & que des fontaines de vin coulèrent dans les rues, une pauvre marchande de pain dépices s'avisa d'établir sa boutique auprès d'un des buffets, ou, pour mieux dire, d'une des baraques doù l'on venait de lancer les cervelats & les petits pains à la tête de la populace, au risque de l'assommer; des jeunes gens à demi ivres vinrent à passer auprès de cet endroit, & n'apperçurent pas plutôt la marchande de pain d'épices, qu'ils se jetèrent sur cette friandise, en s'écriant: «Oh, quelle attention! l'on donne encore

» ceci gratis. Vive le Roi! » — La bonne femme eut beau dire , toute ſa boutique fut pillée & mangée, ſans qu'elle pût perſuader que le régal était à ſes dépens.

Lors des cent & un mariages qui furent célébrés dans l'égliſe Notre-Dame, les oiſeleurs lâchèrent , ſelon la coutume , un grand nombre d'oiſeaux; un anonime fit , à cette occaſion , les vers que je vais rapporter :

Dans Notre-Dame de Paris,
Cent Oiſeaux ſortent d'eſclavage;
Cent Filles, cent Garçons en même-tems ſont
pris
Au trébuchet du mariage.

Qu'est-ce qui n'a pas entendu parler du fameux Jeannot , de cet Acteur du Boulevard, qui fut, pendant ſix mois, la coqueluche de tout Paris ? qu'eſt-ce qui n'a pas vu les chanſons où l'on le célébre; & ſon portrait en gravure & en ſculpture? portrait qui a remplacé les bilboquets , les pantins & les magots de la Chine;

E 4

obſervons (en faveur du tems où l'on n'en parlera plus , & ce tems n'eſt pas bien éloigné) que le perſonnage de ce Jeannot était fort ignoble , fort dégoûtant : qu'on ſe repréſente un Savoyard du coin de la rue , imbécile , ſtupide , ne s'exprimant qu'en renverſant toutes les phraſes, & ſe plaignant à chaque inſtant qu'on lui a jeté d'une fenêtre , un préſent de la plus mauvaiſe odeur; qu'on s'imagine ce déſagréable perſonnage , & l'on aura peine à concevoir l'enthouſiaſme qu'il eut la gloire d'exciter.

Cet enthouſiaſme fut porté au point que pluſieurs perſonnes de mérite engagèrent l'Acteur qui avait rendu ſi naïvement ce vilain rôle , à débuter ſur le Théâtre Italien , comme offrant un champ plus vaſte à ſes rares talens. Le jour de ce début fit une ſenſation étonnante dans la Capitale de la France, les rues qui mènent à la Comédie Italienne ou Opéra-Comique , furent remplies d'une foule prodigieuſe dès onze heures du matin ; jamais les chef- d'œuvres de Crébillon & de Voltaire n'ont , de nos jours, attiré tant de monde ; il n'y en avait pas davantage pour contempler les traits du

Neſtor de la Littérature (1), que pour voir Jeannot: des billets de parterre ſe ſont vendus juſqu'à trente-ſix livres. On aſſure même qu'un habile Peintre, qui ne fait pas un portrait à moins de quatre louis, conſentit à faire celui de quelqu'un qui lui cédât un billet de parterre. Tous les Spectateurs n'étaient pourtant pas des admirateurs de Jeannot ; les uns n'accoururent que pour ſatisfaire leur curioſité ; les autres venaient pour l'applaudir avec tranſport ; & une troiſième diviſion deſirait de contribuer à ſa chûte. Il en réſulta une repréſentation très-tumultueuſe, quoique *les trois Jumeaux Vénitiens* ſoit une Pièce eſtimée , & quoique le ſieur Volange ou Jeannot rendît ces différens perſonnages avec aſſez de naturel & de gaîté. Ceux qui étaient mal diſpoſés en ſa faveur ne manquèrent pas d'applaudir une malignité que lui dit Arlequin, lorſque dans un certain endroit de la Pièce , il lui demandait ce qu'il fera s'il ne réuſſit pas dans ſon amour; « mais, lui répondit Arlequin, il faudra » paſſer la porte & vous en aller ». —— Cet

(1) Voltaire.

Acteur est resté à la Comédie Italienne,
& l'on n'en parle plus.

Un jour qu'il alla rendre ses devoirs à
un de ses protecteurs, il en fut reçu avec
de grands transports de joie : — « Eh !
» s'écria ce Seigneur, que je suis charmé
» de vous voir, mon cher Jeannot !.....
» Monseigneur, interrompit l'ex-Forain,
» je ne suis plus Jeannot, je m'appelle
» Volange. — Oh ! c'est différent, reprit
» le Mécène, qu'on chasse Monsieur Vo-
» lange, & qu'on fasse déjeûner Jeannot ».
L'Acteur piqué crut devoir se retirer ; &
Jeannot ne déjeûna point.

Il n'y a que peu d'années que les
Musiciens des Cafés du Boulevard & des
Foires fesaient alternativement la quête à
la fin de chaque morceau qu'ils exécu-
taient. Une jolie Chanteuse étant venue
en minaudant présenter sa tirelire à
un particulier, il y mit trois liards ; la
demoiselle se croyant insultée, lui jeta
au nez sa gratification ; le particulier peu
généreux, prodigua alors une volée de
coups de canne à la pauvre fille, en s'é-
criant qu'on était maître de donner ce
qu'on jugeait à propos. Le Magistrat qui

veille au maintien du bon ordre , informé de cette fcène , craignit qu'il n'en
arrivât d'autres pareilles ; en conféquence,
il défendit aux Muficiens des Cafés de
quêter davantage.

IL n'eft pas toujours queftion de plaifir
dans cette Capitale ; les hiftoires tragiques & de voleurs occupent auffi quelques inftans. Il arriva à Mefnil-Montant ,
près de Paris , un événement bien fâcheux.
Sept perfonnes s'étant approchées trop
près d'une ouverture occafionnée par des
carrières , la terre s'ouvrit fous leurs pieds
& les engloutit tout-à-coup. Ce ne fut
qu'après une fouille confidérable & dan-
gereufe , qu'on parvint à déterrer les
cadavres, enfevelis à plus de foixante pieds
de la fuperficie. L'eftimable Magiftrat
qui préfide à la Police , a pris les plus
fages précautions pour que de pareils
accidens n'arrivent jamais : il a même fallu
faire ébouler une vafte & profonde carrière ; opération qui s'eft faite à l'aide
de plufieurs milliers de poudre , aux yeux
d'un peuple immenfe & de M. le Noir,
& après que ce Magiftrat eût vifité l'in-
térieur de la carrière , & vu la méthode

E 6

qu'on allait fuivre pour, en mettant le feu à une feule mèche, l'affaiffer infenfiblement, fans que perfonne courût le moindre rifque.

***

J'ai raconté, dans le volume précédent de ces aventures, l'hiftoire détaillée du fcélérat Derues, à jamais fameux par l'art & la profonde diffimulation avec lefquels il commit fes crimes, & j'ai en même tems fait part au Lecteur des impreffions étranges que fit fon fupplice fur quelques perfonnes (1). Une femme que la fièvre obligeait de garder le lit, fut tellement frappée des crimes de cet odieux hipocrite, que fon imagination troublée lui fit croire qu'elle était foupçonnée de complicité ; cette idée bizarre aliéna tout-à-fait fon efprit ; craignant à tout moment d'être traînée dans le fond d'un cachot, elle fe jeta par la fenétre d'un troifième étage ; &, par une autre fingularité, cette chûte ne lui caufa point la mort, la guérit entièrement de fes accès de fièvre, & la remit dans fon bon fens.

---

(1) Voyez page 188.

Pendant que la femme Derues gardait prison, le défenseur aussi estimable que zélé qui daigna écrire en sa faveur, publia un second mémoire pour achever de la justifier. On y trouve la même éloquence & la même sensibilité. Voici ce qu'on y lit de plus intéressant ; c'est la femme Derues qui raconte elle-même les principales époques de sa vie : — « Je suis » née d'une famille des plus honnêtes, » je pourrais même citer des parens qui » occupent dans l'Etat un rang distingué.... » M. Duplessis Despeignes, mon parent, » prit soin de mon éducation ; elle fut » austère, & jamais elle ne me trouva » indocile. J'avais à peine atteint seize » ans lorsque M. Despeignes m'appella » auprès de lui. Il était homme de mérite, » homme de mœurs, très-instruit dans » les affaires, mais plus occupé de » celles d'autrui que des siennes propres. » Il me chargea d'un soin qu'il refusait » de prendre lui-même : mon âge, mon » inexpérience m'en rendaient peu capa- » ble ; mon zèle y suppléa. De l'écono- » mie, une attention soutenue, un dé- » vouement absolu aux intérêts de mon » bienfaiteur, le mirent bientôt en état de » réparer le vuide qui s'était fait dans sa

» fortune : il se trouva au courant d'un
» revenu considérable. Ce revenu me
» passait entièrement par les mains ; j'en
» disposais presque arbitrairement ; j'aurais
» pu m'enrichir si j'eusse préféré l'argent
» à la probité...... Au bout de huit
» ans , M. Despeignes forma le projet de
» m'établir. — Voilà , me dit-il un jour ,
» voilà , ma chère filleule , assez de tems
» que vous travaillez pour moi ; je dois
» à mon tour songer à vous. Ma mère
» est morte ; je veux absolument que nous
» allions nous fixer à Paris , & j'espère
» vous y procurer un établissement con-
» venable. — Je ne lui fis aucune ob-
» servation , parce que sa volonté était
» ma règle ordinaire. Il exigea même
» que je partisse avant lui pour aller faire
» préparer notre logement. J'obéis encore ;
» & à son arrivée il trouva tout dans un
» ordre qu'il approuva. Il fit un voyage
» dans ses terres au commencement de
» Novembre 1770. Il me promit , en
» me quittant , d'être bientôt de retour.
» Un des principaux motifs de son voyage
» était de me rapporter une somme qu'il
» destinait à mon établissement..... Mais
» au bout de vingt jours , je reçus une
» lettre du seul domestique qu'il avait

» amené, & j'y lus ces mots : — *Je ne*
» *fais ce qu'eft devenu Monfieur ; depuis*
» *la nuit du dimanche au lundi, il m'a*
» *laiffé fans pain & fans argent.* Je ne
» puis exprimer le faififfement que me
» caufa ce billet ; il me fit perdre toute
» connaiffance...... Revenue à moi, je
» me détermine à partir pour Caudeville
» le jeudi 22 Novembre, à quatre heures
» du matin, par la diligence de Beau-
» vais. .... J'arrive à Beauvais à fix heures
» du foir : là, plufieurs perfonnes m'aver-
» tiffent que les Officiers du Bailliage
» viennent de partir pour l'ouverture des
» portes du château de Caudeville. Je
» prends une chaife qui m'y conduit. J'ap-
» perçois en arrivant le domeftique, &
» je lui demande avec un empreffement
» mélé de crainte, quelles nouvelles il
» a à me donner ? *Monfieur eft mort,*
» me répondit - il. Ce fut un coup de
» foudre pour moi : je reftai accablée,
» anéantie, prefque morte moi - même.
» On me foutint pour me conduire juf-
» ques dans la falle où étaient les Offi-
» ciers de Juftice. L'état où ils me virent
» leur fit tant de compaffion, qu'ils me
» cachèrent d'abord que mon bienfaiteur
» était mort d'un coup de fang. Le len-

» demain, mon malheur me fut offert fous
» un autre afpect. Les Officiers de la Juf-
» tice de Clermont arrivèrent ; l'un d'eux
» me dit : Mademoifelle, il ne faut pas
» vous le cacher, votre coufin s'eft tué
» lui-même. —— Quel nouveau fujet de
» défolation pour moi ! Cependant une
» réflexion vint s'offrir à mon ame défolée.
» Cela ne peut pas être, dis-je à ces
» Meffieurs ; il n'avait point dé mauvaifes
» affaires, & il avait trop de religion
» pour commettre un pareil crime. Je
» croirai plutôt qu'il a été affaffiné, &
» que fes affaffins voudraient accréditer
» ce faux bruit. Obfervez, Meffieurs, qu'il
» a été volé ; il devait m'apporter beau-
» coup d'or, & on ne lui a trouvé qu'une
» très-petite fomme. ... Le foir, le Lieu-
» tenant-Général de Clermont entra dans
» ma chambre, où il me trouva baignée
» de larmes. —— M. Defpeignes, me dit-
» il, ne s'eft pas tué lui-même ; nous
» venons de trouver, à hauteur d'appui,
» du fang à la porte de l'antichambre qui
» conduit au fallon : ainfi, lui ou fon
» meutrier a paffé par cette porte ; d'ail-
» leurs, ajouta-t-il, nous n'avons trouvé
» aucune arme auprès de lui....... Il
» manquait à ma déplorable deftinée de

» voir la calomnie essayer de revêtir ma
» première infortune, des sombres cou-
» leurs du crime, de paraître vouloir
» m'imputer un événement qui devait
» causer ma ruine, qui m'enlevait à l'inf-
» tant même une perspective brillante,
» & qui m'a plongée dans un gouffre de
» malheurs..... Élevée, nourrie jusqu'a-
» lors dans l'aisance, je me voyais menacée
» d'une prochaine misère. L'anéantisse-
» ment de ma dot avait fait évanouir
» mon mariage projeté...... Ma mère
» avait des droits sur la succession vacante;
» mais ils ne m'appartenaient pas, & il
» fallait travailler à les établir. Les dif-
» ficultés, les intervenans se multipliaient
» chaque jour; & d'ailleurs, mes chagrins,
» l'anéantissement où ils m'avaient plon-
» gée, me rendaient absolument incapa-
» ble de suivre ces discussions fatigan-
» tes...... Je formai le projet d'entrer
» dans un couvent. Ce n'était pas même
» la première fois qu'un tel dessein m'é-
» tait venu; mais je manquais des moyens
» de l'effectuer : on sait qu'il faut avoir
» quelque fortune pour acquérir le droit
» de faire vœu de pauvreté..... Je for-
» mai, sans vocation, des nœuds qu'il
» n'était plus ensuite en mon pouvoir de

» diffoudre. Combien d'autres mariages
» formés fans examen comme celui-là,
» & qui n'ont pas eu des fuites auffi cruel-
» les ! Je ne fuis donc pas, à cet égard,
» plus coupable que tant d'autres femmes,
» je fuis feulement plus à plaindre. Qu'on
» ne me foupçonne pas de joindre ici
» ma voix à toutes celles qui s'élèvent
» contre la mémoire d'un homme à qui
» je m'étais donnée au pied des autels :
» je n'eus aucun moyen pour le défen-
» dre ; je déclare n'en avoir pas plus pour
» l'accufer. Ma mère, par mon contrat
» de mariage, m'avait cédé un tiers de
» fes droits fur la fucceffion de M. Def-
» peignes. Quelque tems après, elle nous
» fit la ceffion des deux autres tiers,
» moyennant une penfion..... Il paraîf-
» fait devoir nous revenir environ quatre-
» vingt-mille livres, la meilleure partie
» en argent comptant. Le projet que
» nous formâmes de convertir cette
» fomme en fonds de terre, devint la
» fource de tous nos malheurs...... On
» n'eft pas libre dans une prifon de choi-
» fir fes fociétés ; ma fituation, d'ailleurs,
» ne me permet pas d'occuper une cham-
» bre à moi feule. On logea dans la
» mienne une demoifelle Heift..... ci-

» devant Chanteufe de l'Opéra. Elle man-
» quait de tout ; elle était réduite à vivre
» de pain & d'eau. Je ne pus foutenir,
» fans être émue de compaffion, la vue
» de fon extrême misère ; je partageai
» avec elle le dîner & le fouper que
» m'apportait ma domeftique. Elle fit
» connaiffance, dans la prifon, avec une
» efpèce de Peintre, qui s'offrit de faire
» fon portrait. Elle y confentit, ou plutôt
» c'était une chofe convenue entr'eux
» d'avance, un prétexte qu'elle fournif-
» fait à cet homme pour lui donner ac-
» cès auprès de moi. Je m'apperçus bien-
» tôt que j'étais le principal objet de
» fon attention & de fes vifites : il me
» tint des propos qui me firent deviner
» fur le champ quelle était fa véritable
» miffion. J'ai fu qu'il dit un jour expref-
» fément à la demoifelle Heift.... —— Il
» faudrait nous entendre enfemble au fujet
» de madame Derues, & je vous réponds
» que l'argent ne vous manquera pas.....
» Ce confeil ne lui fut pas donné en
» pure perte. Elle fe figura auffi que les
» protecteurs du fieur de la Mothe pour-
» raient l'aider à fortir de la mauvaife
» affaire qui avait occafionné fa déten-
» tion. Elle écrivit à celui-ci qu'elle avait

» quelque chofe de fecret & d'important
» à lui communiquer ; elle ajoutait que
» l'émiffaire dont il fefait ufage auprès
» de moi n'avait point affez d'efprit pour
» le bien fervir, qu'il fe coupait a chaque
» moment, & qu'il était important pour
» lui de choifir mieux. Un inconnu vint
» quelques jours après lui faire plufieurs
» queftions qui me regardaient unique-
» ment; mais elle ne lui dit rien. J'ai
» feulement fu qu'elle avait promis d'être
» moins laconique, fi l'on parvenait à
» la faire mettre en liberté. Elle s'eft
» reftreinte depuis à ce qu'on la transférât
» dans une prifon qu'elle jugeait lui être
» plus commode : c'eft celle de Saint-
» Eloy. Elle y fut transférée au bout de
» quelque tems; & l'on prétend qu'avant
» de s'y rendre, elle fit fa dépofition.
» J'ignore ce qu'elle a pu dire; mais a-
» t-on dû ajouter foi au témoignage d'une
» perfonne qui venait d'être condamnée
» au fouet & au banniffement? .... Quant
» au prétendu Peintre, il mit tant de
» fois ma patience à bout, qu'à la fin
» elle m'échappa; je le menaçai d'appeller
» du monde pour le faire jeter hors de
» ma chambre. Il en fortit furieux, &
» en me difant : — Souviens - toi que

» deux hommes comme moi fuffifent
» pour te faire pendre ».

Le mémoire que je viens d'extraire eſt
terminé par cette péroraiſon touchante :
« Je ne m'applaudirais point d'être à l'abri
» des châtimens , ſi je n'étais point à l'abri
» des remords. La ſeule paix de ma conſ-
» cience a nourri mon courage ; elle m'a fait
» appeller d'une Sentence (1) dont une
» criminelle aurait cru devoir ſe féliciter ,
» ſur-tout après les terribles exécutions
» dont mes yeux venaient d'être, pour ainſi
» dire, les témoins, & dont mon ame ne
» perdra jamais le ſouvenir ; elle m'a donné
» la force de réſiſter à tous les maux qui
» m'aſſiégent, à tous les ennemis qui me
» pourſuivent, en un mot, à des épreuves
» ſi fort au-deſſus de la puiſſance humaine,
» que mon exiſtence doit me paraître
» un prodige. Hélas ! elle me ſemblerait
» bien peu digne d'être conſervée, ſi les
» triſtes rejetons de l'union la plus mal-
» heureuſe, ne criaient ſans ceſſe à mon
» cœur déchiré : —— Conſervez - la pour
» nous ! Qu'allons - nous devenir ſi vous
» nous quittez ? Nous ſommes ſur la terre

---

(1) Rendue par le Châtelet, qui ordonnait
un plus ample informé d'un an, à la charge
de garder priſon pendant ce tems-là.

» comme fi nous n'étions pas. Vous feule
» pouvez nous accueillir, ne nous ravif-
» fez pas le feul appui qui nous refte. — Hé
» bien, vivons! mais que l'honneur me
» foit rendu; autrement la vie fera pour
» moi plus infupportable, plus cruelle
» que la mort même ».

Les vœux de cette infortunée n'ont
point été comblés; par arrét du Parlement, elle a été condamnée au fouet,
à la marque, & à être renfermée pour
le refte de fes jours à la Salpétrière. Il a
été avéré qu'elle n'avait point dit ce qu'é-
taient devenus les bijoux de la dame de la
Mothe; tandis qu'elle en était inftruite,
& même qu'elle en avait fecrètement
vendus quelques-uns. Cependant, plufieurs Juges opinèrent à la mort.

Après que la femme Derues eût été
expofée pendant deux heures aux regards
du Public, on prétend qu'en rentrant
dans fa prifon, elle était fi peu affectée du
trifte rôle qu'elle venait de jouer, qu'elle
mangea de bon appétit une omelette &
vuida gaîment une bouteille de vin.

Pendant l'inftruction de fon procès, qui
fut de plus d'un an, cette femme afficha
beaucoup de fageffe, & fe concilia même
l'eftime de plufieurs perfonnes: quelque

tems après fon arrivée à la Salpétrière,
dont la Supérieure la regardait comme
une autre Artémise, d'une fidélité inviolable, il lui arriva un petit accident, qui
ne laiffa pas de faire un peu de tort à
fa vertu : malheureufement, que le 23
Mai, à fept heures du foir „elle accoucha
d'un gros garçon.

V u les défordres qu'entraînent le luxe,
la mifere & le libertinage, il n'eft pas
étonnant que le crime fe fuccède dans
les grandes Villes, & qu'il fe reproduife
fous différentes formes. On empoifonnait
fous Louis XIII & fous Louis XIV. Ce
crime affreux s'eft renouvellé de nos jours,
mais modifié d'une autre manière. Des
fcélérats fe font avifés de mêler dans le
tabac & dans toute efpèce de breuvage
qu'ils trouvaient occafion de faire prendre,
une certaine poudre qui produifait un fommeil fubit, pendant lequel ils avaient tout
le tems de voler & de dépouiller leurs
malheureufes victimes ; cette profonde
léthargie durait quelquefois vingt-quatre
heures ; & le poifon attaquait tellement
les nerfs, que plufieurs des perfonnes qui
en ont fenti la violence, en font mortes,
ou font demeurées perclues. Ces fcélérats,

qui. n'ont heureufement alarmé la So-
-ciété que pendant quelques mois, furent appellés *les Endormeurs*. Ces miféra-
bles ne fe contentèrent pas d'attaquer
dans Paris la vie des citoyens; ils fe ré-
pandirent fur les grandes routes, &
abusèrent cruellement de la bonne-foi des
voyageurs. La lettre fuivante fut inférée
dans divers papiers publics. —— « J'allais à
» cheval de Paris à Orléans, pour me ren-
» dre à Dun-le-Roi, en Brie, où je fuis
» Directeur de la Pofte aux lettres; je ren-
» contrai à Angerville, à quatre lieues
» d'Etampes, deux hommes bien vétus
» & bien montés, qui voyagèrent long-
» tems à côté de moi fans me parler. Enfin,
» ils faifirent une occafion, & leur con-
» verfation m'infpira affez de confiance
» pour dîner avec eux. A l'Hôtellerie, il
» fe trouva un autre voyageur qui me parut
» ne point connaître les deux qui m'avaient
» accofté; le hafard, en apparence, lui
» fefait faire la même route; il s'en féli-
» cita, & nous demanda la permiffion de
» fe mettre à notre table. Nous repartîmes
» tous quatre. Après quelques lieues de
» chemin, durant lefquelles ils mirent en
» ufage tout ce que l'hipocrifie & la per-
» fidie peuvent infpirer de plus adroit,
» l'un

» l'un d'eux, avant d'arriver à Sercote,
» proposa de se rafraîchir d'une bouteille
» de bierre. Il fesait très-chaud. On ac-
» cepte ; & aussi-tôt il part en avant, pour
» la faire, dit-il, mettre au frais. Nous arri-
» vons à l'Hôtellerie, &, sans descendre
» de cheval, chacun de nous boit un coup
» de bierre : mon verre passe dans deux
» mains, & ne me parvient que par force
» d'honnêtetés ; je bois, & nous repartons.
» Une heure après, je me sentis faible,
» je me plaignis ; les trois coquins qui
» m'avaient empoisonné m'aidèrent, me
» consolèrent, & feignirent la douleur la
» plus vive & le plus grand embarras ;
» cependant je perdis connoissance : alors
» ils me transportèrent sur mon cheval,
» dans la forêt que nous avions déja passée,
» & ils m'enterrèrent sous des brancha-
» ges, après s'être assurés sans doute, en
» me meurtrissant le visage, que je n'exis-
» tais plus. Je restai pendant vingt-quatre
» heures dans mon assoupissement, & deux
» jours avec l'esprit perdu : je dois à la
» force de mon tempérament, & à di-
» vers événemens heureux qui ont suc-
» cédés à mon malheur, d'avoir résisté
» au poison & aux coups de mes assassins.
» Ils me prirent mon cheval, ma montre,

I. Part.   F

» mon argent, ma valife, dans laquelle
» étaient des papiers de conféquence,
» qu'ils m'ont renvoyés à mon adreffe,
» timbrés de Paris. J'ai fu que mon cheval
» a été vendu peu de jours après dans
» cette ville ; & tout me porte à croire,
» que ces trois voleurs & empoifonneurs
» fuivent les voyageurs à la fortie de Paris.
» C'eft un de ces crimes que la force ni
» la prudence des Loix ne peuvent préve-
» nir ». — Cet honnête homme qui éprouva une telle infortune fe nomme Charton.

Un autre particulier raconte, qu'étant
parti de la Capitale avec un compagnon
de voyage, ils rencontrèrent, à une lieue
d'Effonne, un homme à cheval, qui vint
loger dans leur auberge, & qui, après
y avoir dîné & en être forti en même
tems qu'eux, fe trouvant également à
l'endroit où ils devaient coucher, leur
demanda la permiffion de fouper avec
eux, ce qu'ils crurent ne pouvoir refufer.
Dans la converfation, l'inconnu fe fit
paffer pour un Négociant, & dit qu'il allait
à Lyon. Le lendemain, on voyagea enfemble; & le foir, comme on fefait rafraîchir
les chevaux, un autre homme arriva

de Paris, queſtionna nos voyageurs ſur
la diſtance de Montargis, apprit d'eux qu'ils
y allaient coucher, les y ſuivit, & leur
fit, pour le ſouper, la même demande que
le premier, qu'il ſemblait ne pas connaître. Le jour ſuivant, on ſe rendit dans
un village appellé Nogent, où l'on dîna.
—— « Un malheureux haſard voulut, dit
» l'auteur de la lettre, que mon compa-
» gnon ſe plaignît d'un mal d'eſtomac. Le
» premier de nos aventuriers, tire auſſi-
» tôt de ſa poche une petite bouteille
» d'eau-de-vie, qu'il dit excellente, & l'en-
» gage à en boire. Je ſuis auſſi tenté d'en
» goûter. Quelques minutes après, celui
» qui nous l'avait verſée, ſe jète ſur un
» lit, diſant qu'il avait beſoin de repos.
» L'envie de dormir nous prend alors,
» & nous en feſons autant. L'autre ſe char-
» ge de veiller ſur les chevaux & de venir
» nous avertir quand ils ſeront prêts.
» Mais tandis que nous dormions pro-
» fondément, ſon camarade me vole ma
» montre, avec le peu d'argent que j'avais;
» & à mon ami, outre une ſomme de
» 312 livres, un étui d'or, une montre
» à répétition & une chaîne d'or, avec
» quantité de breloques qu'il deſtinait
» à ſa future ».

F 2

ON parlait depuis plufieurs mois dans
Paris, de ce nouveau crime, commis
tous les jours de différentes manières,
lorfqu'enfin, grace à l'exactitude de la
Police, plufieurs de ces fcélérats furent
arrêtés, & trois d'entr'eux rompus vifs
& jetés au feu : deux de ces malheureux
ont été convaincus de s'être introduits,
fous prétexte d'une ancienne connaiffance,
chez une femme d'un âge avancé, de-
meurant rue de Seine-Saint-Germain ;
& à la fin d'un dîner qu'elle leur donna,
de lui avoir fait prendre dans du café,
que l'un d'eux alla chercher, une liqueur
affoupiffante & pernicieufe, qui plongea
cette femme dans un profond fommeil,
accompagné de convulfions & de délire,
& mit fa vie en danger, pendant lequel
ils lui volèrent fes hardes, fes bijoux &
d'autres effets. — Le troifième, eft-il dit dans
l'Arrêt, étant accompagné de deux qui-
dams, fous le faux prétexte d'avoir trouvé
un écu de trois livres, qu'il ramaffa rue
Dauphine, en préfence d'un homme âgé
de foixante-douze ans, engagea ce particulier à entrer dans un cabaret, où, en
feignant de mettre du fucre dans les verres,
il mit dans celui de cet homme une
poudre narcotique, qui lui caufa un fom-

meil de plus de vingt-quatre heures, &
leur facilita le moyen de lui prendre sa
boîte, sa montre & son argent; ensuite,
il le fit monter par force dans un fiacre,
& l'y laissa. Ce vieillard eut un délire qui
lui dura plus d'un mois, avec extravasion
de sang au visage & autour des yeux,
le tout accompagné de grandes douleurs
& de faiblesse d'estomac.

On croit que des effets aussi funestes
sont occasionnés par une herbe, dont la
vertu est des plus narcotiques, & qui
est malheureusement connue depuis peu
des scélérats que poursuit le glaive de
la Justice.

Ils ont cruellement tourmenté la femme
de la rue de Seine; il est étonnant qu'elle
existe encore, après le traitement qu'ils
lui ont fait, & dont ils lui firent l'aveu
le jour de leur exécution: ils s'efforcè-
rent de l'étouffer en la foulant aux pieds,
& tout son corps fut couvert de meurtris-
sures; ils finirent par lui mettre les pieds
dans le feu, pour qu'on crût qu'elle y
était tombée dans l'ivresse.

Rapportons quelques-uns des strata-
gêmes que ces monstres ont employé.
L'un d'eux s'avisa, dit-on, d'envoyer
chercher deux livres de tabac chez le Suisse

F 3

de l'églife de Saint-Euftache , & le ren-
voya enfuite , après y avoir mêlé de fa
funefte poudre , fous prétexte qu'il en
voulait de plus fin. Comme plufieurs perfonnes achetèrent de ce tabac empoi-
fonné , & qu'elles fe plaignirent hautement
d'en être très-incommodées , le Suiffe
débitant fut mis en prifon ; mais ne tarda
pas d'obtenir fon élargiffement, attendu que
des perfonnes d'un rang illuftre , & fur-
tout M. le Curé , fe rendirent cautions de
fa probité , & que le Suiffe raconta avec
bonne - foi comment la chofe s'était paffée.
Apparemment que le perfide endormeur
s'imaginait profiter de l'indifpofition de
ceux qui prendraient de ce tabac , ou
bien qu'il cherchait à faire croire qu'elle
était occafionnée par une forte dépidémie.

UN autre rencontrant fur le Pont-Royal
un porteur d'argent , lui demanda s'il
n'appartenait pas à un Banquier de fes
amis qu'il lui nomma ; le porteur répondit
que non. « J'en fuis fâché, reprit l'Endor-
» meur ; j'ai coutume de me fervir des
» porteurs d'argent de mon ami ; mais vous
» me paraiffez un bon enfant ; de quel côté

» allez-vous ? j'aime mieux que vous ga-
» gniez ce voyage qu'un autre ». ── Le
fcélérat trouva que, tout en chemin fe-
fant, le porteur pourrait fe charger des
fommes qu'il avait à recevoir. En fuivant
le quai des Théatins, il lui préfenta une
prife de tabac. Le malheureux porteur,
enchanté d'une telle politeffe, ne tarda
pas à reffentir les effets de la poudre em-
poifonnée ; fes jambes chancelèrent, &
il était fur le point de perdre connaiffance, lorfque le traître qui l'accompagnait
le fit entrer dans un cabaret, & dit au
maître que fon porteur s'était enivré,
mais qu'il recommandait qu'on en prît
foin, jufqu'à ce qu'il eût cuvé fon vin.
L'on s'empreffa d'autant plus à lui obéir,
qu'il mit un écu dans la main du garçon, & le chargea d'aller lui chercher un
fiacre ; la voiture de place étant arrivée, il y
monta, fit mettre le fac d'argent dont
était chargé le porteur, & difparut pour
toujours.

Voici une hiftoire fort fingulière, mais
que je ne garantis point : Un autre de
ces Endormeurs, ou peut-être le même,
eut l'adreffe de faire un vol fort fingu-

F 4

lier, du moins s'il faut croire l'hiſtoire qu'on en a racontée. Il s'écria tout-à-coup, au milieu d'une foule, qu'on venait de lui voler ſa boîte d'or, & déſigna un homme aſſez mal mis, qui était auprès de lui, & qui ne manqua pas de proteſter de ſon innocence. La garde accourut au bruit de la diſpute, & crut devoir mener chez un Commiſſaire & le plaignant & le défendeur. L'Officier de Police commença par faire fouiller l'accuſé ; & on ne lui trouva rien. — « Je ſuis » ſûr qu'il a pris ma boîte, (s'écriait toujours l'homme qui ſe prétendait volé) » qu'on cherche bien ; elle eſt ovale, » ornée de trophées & pleine d'excellent » Macouba ». — Enfin, on la découvrit dans une petite poche pratiquée dans la baſque de l'habit. — « Je prie Monſieur » le Commiſſaire, dit alors le plaignant, » de vouloir bien goûter mon tabac ; il » verra que c'eſt réellement ma tabatière, » indépendamment des autres preuves que » j'en ai données ». — M. le Commiſſaire, très-friand de bon Macouba*, en prit délicatement une priſe, & le trouva délicieux. Le premier Clerc, dont le nez était auſſi gourmet, voulut en ſavourer une priſe, & le Caporal du Guet demanda la permiſſion de ſe régaler pareillement de ce tabac ſi exquis. Un inſtant après, ces trois perſonnes s'endormirent. Auſſi-tôt les deux voleurs s'emparèrent de tout l'argent que l'Officier de Police avait dans ſon cabinet ; ils firent encore main-baſſe ſur ſa montre, ſes boucles, ſur celles du Clerc, & ſur une taſſe d'argent & dix-huit livres qui compoſaient toute la fortune du Caporal. Après avoir fait leur coup, ils ſe retirèrent chacun de ſon côté, les ſoldats qui étaient à la porte ne s'étant point oppoſés à leur paſſage, parce qu'ils crurent leur affaire terminée. Cependant, étonnés & impatientés d'attendre plus d'une heure, ils dirent au domeſtique du Commiſſaire d'avertir leur Caporal, qui ſans doute s'oubliait dans une converſation intéreſſante, que l'heure de la parade approchait. Le laquais étant entré dans le cabinet de ſon maître, fut on ne peut plus ſurpris du profond ſommeil qu'il y vit régner.

UNE bonne femme ayant reçu chez elle quelques-uns de ces miſérables, appellés *Endormeurs*, & leur ayant offert à déjeûné, parce qu'elle les croyait des

F 5

Marchands Forains, avala, sans s'en appercevoir, une dose de la fatale poudre,
& ne se réveilla qu'au bout de trente-
six heures, sans incommodité, mais com-
plètement volée de toute la finance qu'elle
possédait. — « Je m'en moque (s'écria
cette femme après être revenue à elle-
même) » ils m'ont pris quatre-vingt francs
» au moins, mais j'ai bien dormi pour
» mon argent ».

ON ne saurait être trop en garde contre
les différentes ruses qu'emploient les filous
& les voleurs. Passant en carrosse dans
une rue peu fréquentée, un Seigneur d'un
certain âge apperçut une jeune personne
d'environ dix-sept ans, fort bien mise,
& qui donnait les marques du plus violent
désespoir. Touché des marques de sa douleur, il fit arrêter la voiture, & pria cette
jeune personne de lui apprendre la cause
du chagrin qu'elle fesait éclater. Mais elle
s'essuya les yeux, & s'efforça de paraître
plus tranquile. Cédant enfin aux vives
instances de l'estimable Seigneur, elle lui
conta, en répandant un torrent de larmes,
que son père marié en seconde noces,
l'avait recommandée en mourant à sa belle-

mère; mais que cette marâtre l'accablait
des plus mauvais traitemens, au point
qu'elle l'avait forcée de quitter la maifon
paternelle, & qu'elle ne favait que devenir.
Le vieux Seigneur attendri, pria la jeune
perfonne de monter dans fon carroffe,
& dit qu'il allait tâcher de faire fa paix
avec une dame trop injufte; la belle inconnue fe fit beaucoup preffer, & confentit enfin à fe placer dans la voiture,
& à dire la demeure de fa belle-mère.
On arriva devant une maifon affez apparente, & le vieux Seigneur fit demander
un moment d'entretien à la dame. Elle
le reçut dans une falle très-bien meublée;
& il fut furpris de voir une femme qui
avait une phifionomie auffi diftinguée
qu'intéreffante. Il lui raconta la rencontre
qu'il avait faite de fa fille; lui repréfenta
les conféquences de ne point la traiter
avec douceur, & parvint à l'engager à
mieux vivre avec elle. La dame le pria
à dîner, afin de mieux cimenter la paix.
Il fit dire à fon cocher de fe retirer, &
de venir le prendre fur le foir; la dame
le laiffa feul un inftant, pour aller donner
quelques ordres. Comme il fe promenait
de long en large dans la falle, il fentit
un vuide derrière la tapifferie; il la leva,

F 6

& apperçut, dans un enfoncement, un cadavre fanglant couché fur de la paille. A cette vue, il connut le danger qui le menaçait, & fe hâta de fortir de ce coupe-gorge ; en traverfant rapidement la cour, il vit arriver deux hommes de fort mauvaife mine, qui lui crièrent qu'on allait fervir; mais il leur répondit, tout en courant, qu'il venait de fe fouvenir d'une affaire importante, qui l'obligeait de fe rendre promptement chez lui.

UN homme âgé s'était retiré dans un petit appartement, rue Saint-Dominique, fauxbourg Saint-Germain; il vivait mef-quinement avec une vieille gouvernante, quoiqu'il fût riche ; mais il éprouvait la paffion des gens d'un certain âge, il était avare, & ne fongeait qu'à amaffer de l'argent ; comme fi l'on ne devait pas jouir quand on n'a plus que peu de tems à poffé-der fon bien. Cet homme alla paffer quelque tems à la campagne, & ne partit qu'après avoir recommandé à fa gouver-nante de redoubler d'économie, & de tenir exactement les portes fermées. Son abfence ne durait que depuis peu de jours, lorfque la bonne ménagère vit paraître dans l'appartement un homme en robe, en rabat, fuivi de trois ou quatre particuliers, qui lui déclarèrent que fon maître était mort fubitement, & que M. le Commiffaire venait mettre les fcellés. Etourdie de cette nouvelle, la gouvernante ne s'occupa que de fa douleur, tandis que les prétendus membres de la Juftice feignirent d'inventorier les effets du défunt. Ayant trouvé dans le fecrétaire une fomme de 18,000 livres, ils requirent la bonne femme de fe charger de la garde de cet argent ; mais elle témoigna une répugnance qu'ils étaient bien décidés à faire naître. Alors, on lui dit qu'on allait dreffer procès-verbal, comme quoi M. le Commiffaire reftera chargé de cet objet, ainfi que des bijoux & de l'argenterie, qu'il n'était pas prudent de laiffer fous les fcellés. Quand ils fe furent emparé de ce qu'il y avait de meilleur, ils prirent congé de la gouvernante, à qui ils laifsèrent quelque argent, & qu'ils exhortèrent à fe confoler & à garder fidèlement les meubles & le linge du défunt. Au bout de quelques jours, le maître revient & frappe à fa porte ; la ménagère ouvre & referme brufquement, en appellant tous les Saints du Paradis à son secours ; elle croit voir un esprit. Etonné d'une telle réception, le vieillard frappe de plus belle, & fait un si grand vacarme, que tous les voisins accourent, & sont presque aussi effrayés que la gouvernante, le bruit de sa mort s'étant répandu dans tout le quartier. Enfin, le vieil avare entra chez lui, & faillit à mourir réellement, en apprenant ce qui s'était passé pendant son absence.

ON lit dans le Mercure de France, l'histoire suivante, qui prouve que les filous employent souvent des moyens bien étranges, pour parvenir à leurs fins. Une Dame, âgée à-peu-près de quarante ans, & qui paraissait avoir été fort belle, vint sur la fin du dernier siècle s'établir à Reims ; elle était mise avec beaucoup de simplicité, fréquentait les églises, & par là pureté de ses mœurs, édifiait tout son quartier. Elle se mit d'abord sous la conduite d'un des Grands-Vicaires de l'Archevêque, homme simple, d'une piété solide. La Dame inconnue, pendant six mois, ne lui parla que des affaires de sa conscience. Mais au bout de ce tems, elle lui dit, sous le sceau du secret, qu'elle

éprouvait un embarras fingulier. — « J'ai,
» lui dit-elle, une lettre-de-change de
» douze-mille livres, & je ne ferais pas
» charmée d'être connue. Voudriez-vous,
» Monfieur, vous charger de recevoir cet
» argent »? — Le pieux Directeur ne vit
aucun inconvénient à lui accorder fa prière;
il fe chargea du billet, qui était adreffé
à l'un des plus fameux Négocians de la
Ville; & à peine l'eût-il montré, qu'on
lui compta fon argent. Le Négociant ajouta
même qu'il avait ordre de fournir fur ce
billet, des fommes bien plus confidérables.
Le Grand-Vicaire vint retrouver la Dame;
mais lorfqu'il voulut lui remettre la fomme
qu'il avait reçue, elle lui dit qu'elle n'a-
vait pas befoin d'argent; que celui-là
était deftiné à marier quatre pauvres filles,
& qu'elle le priait de le diftribuer felon
fes vues. Le Grand-Vicaire, charmé d'entrer pour quelque chofe dans cette bonne
œuvre, eut bientôt marié quatre filles,
qui ignorèrent abfolument la main qui
s'était ouverte en leur faveur. Deux
mois après, le Grand-Vicaire fut chargé
de recevoir pareille fomme, & de l'employer à l'entretien de quatre Eccléfiafti-
ques. Quoiqu'on lui eût encore recommandé le fecret, il ne fe crut pas, pour

cette fois , obligé de le garder bien
exactement : il voulut édifier quelques-
unes de ses dévotes , & leur faire connaître une personne qu'il regardait comme une Sainte. Les dévotes le dirent à
d'autres , & bientôt elle passa dans la
ville de Reims pour un prodige de cha-
rité. Toutes les Dames s'empressèrent à
se lier avec elle , & sa piété parut de
plus-en-plus édifiante. Dans ce tems-là
elle reçut une visite mistérieuse de deux
inconnus , qui lui remirent de grosses
sommes en présence de son Directeur,
& devant lequel ils applaudirent beaucoup le dessein qu'elle leur communiqua
d'établir une école gratuite pour les
jeunes filles. Les Etrangers qui se disaient
Anglais , la prièrent de ne point épargner
leur bourse pour une si bonne œuvre.
On y mit la main aussi-tôt après leur
départ. On loua une grande maison , &
la Dame inconnue se mit à la tête de
quelques dévotes , qui se dévouèrent à
l'éducation de la jeunesse. Elles se donnèrent tant de peine pour instruire les
jeunes filles qui se présentèrent, que tous
les gens de bien ne cessaient de remercier
le ciel d'avoir procuré un tel secours à
leur patrie. Au bout de six mois , la

Dame dont on admirait généralement la piété, voulut faire voir au Public les progrès de ses élèves. Elle leur fit apprendre une Tragédie, tirée de l'Écriture sainte, & qui fut représentée en présence des amies de la nouvelle société. Ces bonnes dévotes en furent si contentes, qu'elles inspirèrent à la plupart des Dames de la ville l'envie de la voir représenter aussi. L'institutrice répondit que sa maison était trop petite ; mais que si on pouvait lui en procurer une plus grande à la campagne, elle consentirait volontiers à donner ce plaisir à toutes les personnes de considération. Charmé de sa condescendance, on lui céda une espèce de château, situé à trois lieues de Reims, où elle fit construire un théâtre vaste & très-bien décoré. Pour compléter la fête, elle pria à dîner soixante personnes des plus considérables; & comme on savait qu'elle n'avait pas assez d'argenterie, on s'empressa de lui en offrir. Indépendamment d'une quantité prodigieuse de vaisselle d'argent, elle emprunta aussi des diamans pour parer ses actrices, & elle en eut pour plus de cinq-cens-mille livres ; car chaque Dame, en lui prêtant les siens, ignorait que sa voisine en eut fait de même.

Le dîner fut magnifique ; en fortant de table, on paffa dans la falle du Spectacle, & on commença la repréfentation de la Pièce. Elle était à moitié, lorfque le Grand-Vicaire fortit un inftant. Comme il traverfait un endroit obfcur, un homme lui dit d'une voix baffe : — « Eft-ce vous, » Monfieur Laramée » ? — Un inftinct fecret ou un mouvement de curiofité lui ayant fait répondre oui, on lui remit une lettre, & celui qui la lui donna s'éclipfa auffi-tôt. La façon miftérieufe dont on avait fait tenir cette lettre au Directeur, lui infpira l'idée de l'ouvrir. Quelle fut fa furprife, d'y voir dévoiler un miftère d'iniquité ! On avertiffait la prétendue dévote qu'il ferait facile, d'après le plan formé, d'enlever ce qui lui avait été confié, & que tout ferait prêt pour les onze heures du foir, tems où la compagnie devait être retirée. Le Directeur communiqua ce billet important à deux des principaux Magiftrats de la ville, qui étaient dans l'affemblée. Un des deux fe détacha promptement, & ayant pris la pofte, il fut de retour fur les dix heures du foir avec main-forte. On inveftit fans bruit la maifon ; & chacun s'étant retiré, les deux Magiftrats qui

étaient dans le secret, rassemblèrent leurs
amis dans un village voisin, pour y attendre l'événement. Mais soixante personnes intéressées dans le vol qu'on mé-
ditait, n'en furent pas plutôt instruites,
qu'elles ne purent attendre tranquilement
l'exécution du projet ; elles retournèrent
à la maison qu'elles venaient de quitter,
dont elle firent enfoncer les portes ; la
fausse dévote & les milords supposés,
qui s'occupaient à faire des balots de
l'argenterie, crurent pouvoir s'échapper,
mais ils furent arrêtés par les archers
postés en embuscade. Ils avouèrent qu'ils
avaient des voitures toutes prêtes, sur
lesquelles ils comptaient charger leur
riche butin. La Dame qui avait si bien
conduit le complot devait se retirer à
Sedan, où ils avaient un receleur, &
de-là ils se proposaient de passer en Angleterre. On les mit entre les mains de
la Justice : ils furent condamnés au fouet,
à la marque & au bannissement perpétuel.

LES filous de Londres sont encore
plus rusés que les nôtres ; témoin l'anecdote que l'on va lire, racontée par un
Français, qui y joua un rôle malgré lui.

« Je fortais du Spectacle, la preffe était
» grande à la porte, & je fentis quel-
» que chofe entre mes jambes qui m'au-
» rait fait tomber, fi je n'euffe été fou-
» tenu par la foule; j'y portai la main,
» & je reconnus que c'était un gros
» chien. L'on m'avait prévenu qu'on
» courait rifque d'être volé en fortant
» du Théâtre; je m'étais précautionné
» contre cet accident, en tenant ma
» main fur mon gouffet. Tout d'un coup
» je fens une main velue qui faifit la
» mienne, & l'on m'enlève ma montre.
» J'eus la préfence d'efprit de retenir
» cette main, en criant au voleur; la
» foule s'écarte, & j'apperçois que ce
» chien qui était entre mes jambes, était
» celui qui m'avait volé : je croyais le
» tenir, mais je me fuis fentis ferré par
» derrière avec tant de violence, que
» j'ai été contraint de lâcher mon voleur:
» ceux qui m'environnaient, & qui s'é-
» taient rangés au bruit que j'avais fait,
» ont livré paffage au prétendu chien,
» & fe font refferrés avec tant de promp-
» titude, que je me fuis trouvé fans
» montre, auffi preffé qu'auparavant. Je
» ne puis, malgré ma perte, m'empécher
» de rire, lorfque je penfe au tour qu'on

» ma joué : il n'eſt pas nouveau ; & l'on
» aſſure que ces chiens ne font autre
» choſe que des enfans, qui, à la faveur
» de cette maſcarade, volent impuné-
» ment, parce qu'environnés de ceux
» qui les mettent en œuvre, ils font
» ſûrs de trouver un paſſage après avoir
» fait leur coup. Il faut néceſſairement
» être volé quand ces Meſſieurs l'ont
» réſolu ».

VOICI deux traits d'héroïſme de
voleurs Anglais, que le Lecteur ne fera
peut être pas fâché de trouver ici. On
allait exécuter à Londres un criminel ;
déja cet infortuné était au pied de l'échafaud, & le Paſteur lui adreſſait les der-
nières exhortations, lorſqu'un homme,
confondu dans la foule des ſpectateurs,
s'avança tout-à-coup vers le Magiſtrat qui
doit être préſent au ſupplice des coupables, & déclara qu'il était l'auteur du
crime pour lequel ce malheureux allait
ſubir la mort ; & que les remords qu'il
éprouvait ne lui permettaient pas de
laiſſer périr un innocent. D'après cet
aveu, on ſe ſaiſit de ſa perſonne, & on
le mena en priſon, ainſi que celui qu'on

allait exécuter. Un examen approfondi
découvrit que le prisonnier volontaire
avait commis le crime ; mais l'autre ne
put se justifier entièrement. Instruite de
cet événement singulier , Sa Majesté Bri-
tannique leur fit grace à tous les deux,
parce que l'un avait éprouvé la terreur
& la honte du supplice , & que l'autre
avait montré une générosité dont il y a
peu d'exemples.

Un nommé Guillaume Orrebow fut
condamné à mort avec quinze autres
coupables , en 1763. La veille du jour
de l'exécution , Orrebow eut envie de
voir sa maitresse & de lui faire ses adieux.
Il n'était pas possible d'engager cette
Belle à venir dans la prison ; il n'y avait
point d'apparence qu'il pût aller chez elle.
La difficulté ne fit qu'irriter ses desirs.
Il invita le Geolier à boire avec lui
d'excellent vin ; quand il l'eut à demi
enivré , il lui demanda la permission de
sortir pendant deux heures , s'engageant,
par les sermens les plus forts , à revenir
au moment précis. Le Geolier , échauffé
par le vin , incapable de réfléchir , osa
compter sur la parole de son prisonnier,
les portes furent ouvertes. Orrebow cou-
rut chez sa maitresse , qui fut très-sur-

prife de le voir, & qui ne manqua pas
de l'exhorter à profiter de fon bonheur
extraordinaire ; mais il rappella fa parole,
& attefta la fainteté du ferment. Tout
ce qu'il fe permît, ce fut de donner à
l'amour la dernière nuit de fa vie. Le
Geolier n'eut pas plutôt cuvé fon vin,
que ne voyant point revenir fon prifon-
nier, il éprouva les plus cruelles alar-
mes. Cependant l'heure de l'exécution
approche ; les charriots arrivent ; on ne
trouve plus que quinze criminels, au-
lieu de feize qu'il devait y avoir ; on
demande ce qu'eft devenu celui qui manque ; le Geolier, plus mort que vif,
raconte fa trifte aventure ; comme la
confiance qu'il avait eue était très - criminelle, & d'une conféquence infinie,
on le fait monter dans le charriot à la
place du coupable, & l'on part pour
Tyburn (1). Le fommeil le plus profond avait fuccédé aux plaifirs dont
Orrebow s'était raffafié pour la dernière
fois ; il fe réveille enfin, s'informe de
l'heure qu'il eft, fe hâte de s'habiller,
&, quoique l'objet de fa tendreffe s'ef-

_____

(1) Lieu où les Criminels font mis à mort.

force de le retenir, il va précipitamment
à la prison; apprenant qu'on en eft déja
parti, il prend au plus vîte le chemin
de Tyburn, rencontre enfin les charriots,
& s'approche hors d'haleine de celui où
eft le Geolier : — « Defcendez, lui crie-
» t-il, vous avez tenu ma place affez
» long-tems, je viens la reprendre : fi l'on
» s'était moins preffé, vous n'auriez pas
» eu la peine de venir jufqu'ici, & je
» ne me ferais point fatigué en courant
» pour vous rejoindre ». — Il monte en
difant ces mots, s'affied, reprend haleine,
remercie le Geolier, & fe plaint amèrement de ce qu'on l'a cru capable de
manquer à fa parole.

Fin de la première Partie.